不運を幸運に変える力

曾野綾子

不運を幸運に変える力　†　目次

第一章 「運を信じる」という謙虚な姿勢

第二章　世の中はすべて理想では動かない

第三章　「私」を失わない眼で外界を眺める

第四章　現世で二つ同時にいいことはない

第五章　人は失敗を承知でも生きる

第六章　自力で危機を脱出するのが人間の姿

まえがき──「何を今さら」

私はいつも「何を今さら」ということばかり書いている。

人生は、そんなものだ。くだらない、とか、いやだ、とか言っても、それから逃れる方法はないのだから、その状況を使う他仕方がない。戦争の中で生き抜くこともそうだった。私は今まで比較的健康な体を与えられてきたが、仮に長期にわたる病気と付き合わなければならない状態だったとしても、同じことを言うだろう。いやな家族関係の只中に置かれることだって、当人が望んでそうなったのではない。しかし耐える他はない。とすれば、できれば少しでも楽に、その境地をおもしろがれればいい。

むしろ現世では、私たち平凡な健康人だってどうしてその困難を耐え抜くかと思われるほどの辛さを、一方では病気の身でありながら思いがけない力で克服して生き抜いている人がたくさんいる。その姿を見ると、私は少しでもあの境地を見習いたい、と思うのだ。

五十代から七十代にかけて、私は二十三回ほど、さまざまな身障者の人たちと、イスラエルなどの聖地を巡礼した。視力に障害のある人もいたし、事故で足を失った人もいた。

今でもまだ眼に焼きついて忘れられない光景がある。

私たちは旅の途中どこででも毎朝、指導司祭の元で行われるミサと呼ばれる祈りの儀式に出席する。ミサの中には、福音書の一部を朗読する部分があった。出席者の誰が今日の朗読の番かは、あらかじめ決められているのである。

その日は、或る全盲の女性の番だった。彼女は偶然、すぐ私の横の席にいた。福音書の朗読の箇所になると、彼女は立ち上がり、持参していた点字の聖書のページをさっと開き、本自体を向う向きに少し斜めに体に押しつけるようにしながら、指先をページの上に走らせた。

あまりにもなめらかな朗読だったので、私は度肝を抜かれた。両眼が使える私でも、もっと支《つか》え支え、読み間違えたり、運が悪ければ行を飛ばしたり、ぶざまな朗読をすることがある。彼女の指は、まるでページの上を遊びで撫でているようにしか見えないのに、その動きが澄んだ言葉になって流れ出てくるのを、私は言葉にはならない感動で眺めていたのだ。

単純に言えば、見えないということは、見えるという能力の欠落だと、人間は考える。しかしその現実からみても、この女性は欠落したものを、自分流にきちんと補ってしまっていたのだ。しかもその補い方が一種の芸術である。それを思うと、不運は、間違いなく気力や意思力を鍛え、むしろ幸運に近い性格を作り上げる可能性を持っているのだろう。

こういうことが誰にでもできることだとしたら、効率のいい、高価なコンピューターなど買わなくても、人間は自分の体に内蔵している機能を開発するだけで、自分の能力や行動範囲を、信じられないほど広げられるということになる。

当然、不運にくじけて、性格が曲がる人だっているだろう。しかし毎年やっていたその旅行に参加する身障者の誰もが、こういう英雄的な面を持っているとすれば、特別な人だけが、この手の願わしくない変化を受け止められるのであって、凡庸な人間は、それが不可能だということもなさそうだ。

とすれば、私たちは誰もが、その変質をうまくやり遂げた人を見習わねばならない。生きる義務とは、そういうことなのだろう、と私は思わざるを得なかった。

現代社会は、豊かな生涯を送る人に対して、貧困な暮らしというものを固定して意識する。秀才もいるが、どの大学にも受からない悲劇的な「鈍才」がいる、と判断する。現代は格差を意識するのが好きなのだ。しかし私の見るところ、たいていの人が実はどこかに非凡な才能の根を与えられている。私はその隠れた運命の企みを、一種のドラマとして見るのは、大好きなのだ。

曾野綾子

二〇一六年秋

第一章　「運を信じる」という謙虚な姿勢

人間性の証《あかし》
——会話をしてこそ、人は真の人間となる

人を「生かす」というのは何を指すのだろう。

普通、貧しい国家や社会では、「生かす」ということは、現在でも食べさせることを意味している。教育を与えることは、二の次だ。難民キャンプで今日から実行しなければならないのは、食べさせることである。もちろん子供に初等教育を与えることは、数ヶ月後には考えなければならない問題だろうが、今日明日に差し迫ったことではない。トイレを作ることも、水浴や洗濯をさせることも、衛生を考えれば緊急の課題だが、今《こん》日《にち》の問題ではない。しかし、食物と水を供給することは、今日の問題だ。

自分で動けなくなった老人にも、同じような原則が当てはめられている。もちろん日

本の社会は、難民キャンプよりもっときめ細かい高度の配慮がなされている。週に二度は入浴させよう。毎朝リハビリ体操をさせよう。お花見にも連れて行く。施設でコーラスの練習もあれば、音楽会も開催する。しかし、ほんとうに人間を「生かす」もう一つの機能を維持する努力はあまりなされていない。もちろんそれが一番むずかしいことなのだ。それは、老人たち同士に、会話をさせることである。

私自身、少しずつ体力がなくなっていくのを感じているから、物事を「せずに済ませる」姿勢が次第に強くなっているだろう。だからもしかすると、もっと年を取って私自身喋るのが億劫になると、黙っているのが一番楽になるのかもしれない。さらに耳が遠くなって、相手が言っていることが聞き取れなくなると、次第に沈黙が無難と考えるようになりそうな気もする。

しかし人間生活で、食事、排泄、入浴などと同じくらい大切なのが、「会話をする」ということだ。どうしたら高齢者が最後まで外界に興味を持ち、人の語るのを聞いてそれに反応し、自分の考えを話せるという状態を保てるか、今後最大の懸案だと思っている。喋ってこそ人は動物と違う存在になるのだから。

何とかなる
――「運を信じる」という謙虚な姿勢

きちんと運営された組織の手もお借りして、自分たち家族も代わり合ってケアを必要とする人を支えるというのが、介護・看護の基本だが、人生は常にそんなおきれいごとだけでは済まない。多くの場合、自分一人の肩だか手だかに、その責任は押しつけられていると感じ、その責任は重いだけでなく、時にはこの暗澹《あんたん》たる生活がいつまで続くのだろう、と絶望的になっている人も少なくない。老人や難病を持つ人の介護は終わりが見えないから、辛いのである。

私も三人のほとんど同い年の父母を看ていた頃、手助けしてくれる人はあったにもかかわらず、そんな追い詰められた思いに何度もなったものだった。人は現在から一秒先のこともわからないのに、である。

後から考えてみると、その切羽詰まった状況は、いつも予測もしなかった経過を辿って変化していった。一時期だけ助っ人に来てくれる人が現れたこともある。老人の精神的反応が、ぼけが進んだためか、穏やかになったので、介護が楽になったこともある。

その他にも私の仕事が一段落して、精神的にゆとりができたこともあるが、連載が終わる時期などというものは初めからわかっていたのだから、「予期せぬ次第で」困難が去ったわけでもないのだ。

人間の暮らしというものは変化そのものである。むしろ今と同じ状況を続かせるということの方が困難だ。私は極めていい加減な信者なのだが、一応キリスト教的なものの考え方からは離れたことがないので、そこに見えない神の手を感じることは終始であった。おもしろいことだ。努力も要る。しかし努力だけがことを解決するわけでもない。人間の一生は「努力半分・運半分」と私はいつも言っているが、実は努力だけを信じる方が、人間は思い上がるような気がする。運を信じることの方が謙虚なのである。「何とかなる」という言葉の背後には、神がいるのだ。

機嫌よくしていなさい
――周囲の気持ちを楽にする徳の力

　私は小説を書くという、どちらかというと無頼な仕事をしているせいか、規則通りにことをするのが苦手で、すぐ無茶な発想をする。しかし規則にはないゲリラ的なやり方ででも解決しなさいと言われると、人より得手なのではないか、と思う。

　先日も、東京電力福島第二発電所の見学を許され、事故の当日の話を聞かせてもらった。第二発電所が、どうにか大事に至らずに済んだのは、計器盤まで真っ暗になるという体験したことのない真の闇の中で、とにかく敷地内の遠い地点にあるまだ生きていた電源を探し出し、何百メートルもの距離を人力でケーブルを運んで繋いだからだという。

　私はこういう時に真っ先に働くタイプだ。

正式なものではないが、どこかで助けてもらえる存在というものは、どこにでもあるものだ。介護の手伝いもそれが可能な領域だ。正式に預ける場所を探し出すのは大変な場合でも、知人・近隣の人が、ほんの短時間介護の要る人を預かって、たとえば午後のお茶をご馳走してくれるだけでも、介護人の気持ちは軽くなる。介護される人も、珍しい人に会ったり場所に行けたり、珍しいお菓子を出してもらったりすれば、機嫌がよくなる。その人の機嫌がよくなれば、それだけで周囲は楽になるのだ。

「機嫌よくしていなさい」というのは、古来、統治する者の一つの徳であったとも言う。ところが為政者たちは、少し思い上がったり、地位に馴れてきたりすると、すぐ機嫌が悪くなる。老人も老いて体の調子が悪くなると怒りっぽくなる。それが認知症の初めだという説もあるくらいだ。

自分をも含めて機嫌が悪いことを自覚した時には、私は口に出して戒めることにしている。放置しておくとほんとうにぼけが進みそうだからだ。

荷物は少し誰かが手や肩を貸してくれれば、それだけですぐ軽くなる。こんなわかりきったことをしないほうはないだろう。

頭も顔も悪い
――凝りをほぐし、血流をよくして柔軟さを保つ

人間、機嫌がよくないと、周囲の人は困る。機嫌が悪いと、人は自分の希望を素直に口にできない。その人に接する他人も、機嫌の悪い人の傍にはいたくない。人の機嫌が悪くなる原因は感謝がなくなって文句の塊になるからだ。こうなるとますます人間関係は余計に縺《もつ》れるようになる。

別に機嫌をよくする方法ではないのだが、私は一定の年になってから、こころがけていることがある。それは頭の中の血流をよくすることである。

昔は低血圧だったたから、私は若い時から、マッサージ、指圧、鍼などをしてもらうのが好きだった。それによって滞りがちな血流がよくなるのがわかったからである。

老年に差しかかると、人は眼、耳、歯などの能力と共に、思考能力も衰えてくる。すべてこうした器官の劣化は、外側から入ってくる情報を妨げる悪さをする。眼が悪いと本が読めなくなり、耳が悪いと他人との会話ができなくなり、孤立するようになる。歯が欠損すると食事がまずくなり、思考が衰えると一人前の人間として遇《ぐう》されにくくなる。いずれも死なないまでも、かなり困った状況だ。

私はマッサージの度に、頭と顔を揉んでもらうことにした。どこにも凝りがあって、押されると痛いが気持ちがいい。仲のいいマッサージ師は、その度に「頭が悪いねえ。今日は顔も悪い」と言う。頬や顎にもしこりがあるのだ。何と悪口を言われようと、揉んでもらえばありがたい。治療が進むと、私は頭が痒くなって、かきむしる。あまり格好のいいことではないが、脳にも髪にも多分血流が行き渡ったのだろうと思う。

手足を揉む人は多いけれど、頭と顔をほぐす人は少ないという。しかし私に言わせれば、肝心要は頭蓋内の血流にある。そこを手入れして少しでも柔軟さを保てば、もしかするとぼけも遅らせることができるかもしれない。目下のところ私のエイジング・ケアはそれだけだ。

贈られた時間

——片手間でお世話、くらいがちょうどいい

私は夫の両親と私の実母と、三人の年寄りと暮らして、三人共、自宅で最期を見送った。夫が三十代後半、私が三十歳の頃にこのような複合家庭が形成されたのである。

私が親たちに優しかったから、同居するようになったのではない。私は一人娘で、母は父と離婚した後、一方的に私と一生一緒に住むものと決めていた。舅姑は当時、中野の方に住んでいて、私たちは東京の南西部にいたから、この二人のどちらかが風邪をひいて熱を出したというような時に、見舞いに行くのはけっこう時間をとることであった。しかも私はその頃、既に作家として暮らしていたので、申し訳ないことに舅姑の世話にそんなに時間を割けない。同居するということは、実は、片手間でお世話をするという

妥協案だったのである。

私は性格が不純だったのだろう。何でも物事を理想的に考えない方であった。とにかく一つの敷地の中に庭を共有しながら、既存の古家に夫の両親、六畳一間の離れに私の母が住む、という暮らしは、ミニ老人ホームの経営と似ていたが、世の中のことは何でも理想的にはならないのだから、それくらいでいいのではないのかと私は思っていた。

先日、お年寄りの介護をしていた人が、「とにかく時間的に限度が決まっていてお世話をするのは何とかなるんですよ。でも大変なのは身内で、二十四時間、何年続くかわからない、ということになると、心理的に追い詰められるんです」と教えてくれた。

自宅介護の家族に、とにかく決まった休み時間を与えてあげるという制度は、実に偉大な優しさなのである。家族は大したことを望んでいない。ちょっと買い物に行き、道を歩き、通りがかりのブティックを覗く。その間、家に残してきた年寄りの心配をしなくていいということは、「幸福を贈る」ということと同じ意味なのである。

気配りの時代
——老人の介護に必要な工夫

よく気がつく人たちの中に、老人や障害者当人に対して心遣いをする人は多い。小さなお菓子の箱を持って行ったり、誕生日にカードを贈ったりする。

ヨーロッパに住む私の友人は、私たちが団体旅行でその町に立ち寄る度に、ホテルに備えつけの石鹼やクリームの小瓶などを「集めてよ」と言っていた。土地の老人ホームでよくビンゴパーティーをする。その時、全員に何かが当たるように、賞品の数を多くしたいからだ、と言う。

しかし私は昔から、何か励ましの心を見せたいのだったら、当の老人にではなく、その介護者にする方がいいと思っていた。ちょっとしたプレゼントをあげるのでも、音楽会に誘うのでもいい。或いは、二人でお蕎麦を食べに行くだけでもいい。介護者に普段の職場とは違った空気を味わってもらえば、その人も元気を取り戻し、ひいては世話をしてもらう老人の生活も明るくなるのではないか、と思っていたのである。

介護者が、別に老人を嫌うのではない。しかし世代が違えば、話題が合わなくて当たり前だ。ことに食事の時には、老いとも病気とも関係ない同世代と食べたいだろうし、お喋りをしたいだろうと思う。

私の家に、かつて私の実母、夫の父と母の三人が同居していた時、私は彼らの世話をしてくれる人に、私たちと同じテーブルで食事をしてもらうように時間帯を工夫していた。おかずは全く同じなのだが、私たちと食べれば、老人たちとではない、つまらない浮世の、ろくでもない話で笑い転げることも多い。決してそんなものをご馳走と思うわけではないが、そんな時間があってこそ、無口な老人の世話も続くのである。

老人の介護には、ちょっとした工夫が常に必要だろう。それはほんのわずかな気配りで可能になる。「おもてなし」より「気配り」の時代ではないか、と思う時がある。

列に並ばない人生
——人間には、多くのものは要らない

もう三十年以上前に死んだ私の母は、昔の女学校さえまともには出なかった人だが、かなりユニークな性格だった。何でも自分で物事を考える。そして自分の好みをはっきり持つ。だから私の悪い性格は母から受け継いだものだ、と私は言うことにしている。

先日テレビのニュースを見ていて母を思い出したのは、アップル社の「iPhone」の売り出しに若者たちが並んでいる光景を見たからである。これは一つの社会的事象だが、母が生きていたら何と言うだろうか、と思ってしまうのだ。

現在、私自身は、ごく普通の「遅れた老人」である。私は若い人たちが「ガラケー」と呼んでいる旧式の携帯を持っているだけで、何一つ「最新兵器」を使わない。いや、

使えないのだ。

「私は『エレキ』はやらないことにしています」と言うと若い人たちはうっすらと笑うが、この一言で状況を寛大に素早く理解してくれるので、実に便利だ。

その一つの動機になったのは、或る小さな事件だ。

しばらく前に、私は知人から、

「僕のブログに、曾野さんの名前で僕の本の感想が投稿されていたのですが、あなたが書き込んでくれたのですか？」

という確かめの電話を受けたのだ。

私はこうした機械の使い方を知らないので、ブログという言葉は聞いたことはあるが、もちろん私自身やっていないし、他人のブログを読んだこともない。

ブログは、その人が世間に向かって知らせたいことだけを書き込んで作る記事で、他人がその中に割り込むことはないものだ、と思い込んでいた。だから今もその方法は全くわからない。

その書評はもちろん私の書いたものではなかった。私に電話で確かめてきてくれた人は、だから勘のいい人だったのである。

今に至るまで、私はその書評なるものを読んだことはないから、その人が、何でこの文章はどうも曾野綾子の書いたものではない、と嗅ぎ取ってくれたのかわからないのだが、しかし文章を書くことを本業としている私には、かなり不気味な事件である。もし私の気持ちと全く反対のことを書かれたら、私は、私に関するこの間違った知識や印象を、どうやって払拭したらいいのだろう。

「だってあなただと書いてあったわよ」と人に言われたら、手書きのものと違って、筆跡鑑定もできない。正反対の意見が、私の文章だとして世間に定着する。

今のところ「私はエレキをいじりません」という姿勢を守っているので、エレキの端末に出たものは、すべて偽者だと言い切れるが、外部のパソコンやタブレットに一部でも繋がる手段を持っていたら、私の発言だと言われても否定できなくなる。

読書の後で、感想を述べることは一種の誠実だ。私もできればそうしたい。ただ、今、私の場合、それができないのは昔から評論を書く趣味がないのと、仕事の妨げになる或る種の慢性病のおかげで、私の体力は失われてきているからである。ついぞお礼も言わず、感想を発表しない本で、私がどれだけ名著と思って読めたことを感謝し、大切に資料書棚に並べて保管している本の多いことか。私の頭の脳味噌の容量は年と共に軽くなっているが、資料の整備は誇るべきものなのである。

田舎出の亡母のことに戻るが、母の性格でユニークなのは、昔から私が流行に乗ることを厳しく禁じたことにあった。時間を無駄にすることを「恥と思いなさい」とも言い続けたが、人生は短いので、もっと目的に合った読書や勉強をしないと死ぬまでに間に合わないから、という理由であった。しかし流行を追う行為に対しては実に厳しく禁じた。

「人のやっていることを負けじと追うのは、自分というものを持たない情けない人がやることです」

と突き放して言うのである。

もちろん私だって昔から、その年の流行を取り入れた服を着ずにはいられなかったし、最近では新しい調理器具など、人に先駆けて買いたがる方だ。第一、私の好きなアメリカのテレビ番組は、「全米視聴率第一位」だという評判だ。

私がエレキをやっていたら、新しいｉＰｈｏｎｅも買うだろう。しかし売り出しの数日、或いは数時間前から店の前に並ぶと言ったら、母は私の将来を絶望的だと言って激しく侮辱したに違いない。或いは、何とかいうラーメン屋の味がおいしいという評判だから並んで食べる、と言ったら、これも厳しく批判するだろう。

単純な理論なのだ。人間には矛盾した情熱があって、「人並みな穏やかな人生を送りたい」という希望と、「人よりましな暮らしがしたい」という思いとがある。前者は他人と同じ程度の暮らしをすることを求め、後者は人より金持ちになりたいとか、出世がしたいとかいう情熱と結びつく。いったいどちらの生活をしたいのか、人は決めねばならない。

私は八十歳を過ぎてはっきりわかってきたことがある。人間には、それほど多くのものは要らないという実に当たり前のことだ。

気持ちよく、静かに眠れる空間と寝床。温かいお湯がいつでも出る浴室。清潔なトイレ。そして私の場合なら、体の痛みに耐えうるような姿勢で書ける執筆用の椅子と、タイプライターとしての機能にしか使わないコンピューター。それと食べたいものを買ってきて食べられる少しのお金。それだけだ。

食べ物だって、高価すぎるものも、手に入れるのが面倒くさいものも全く要らない。新鮮な生のイワシ。最近はこれが贅沢品になりつつあるが。週に一度くらいほどほどの質のステーキ肉を少々。いつもほしいのは、冷凍のシシャモ、ひじきや切り干し大根、スパゲッティをあえるためのタラコとバターくらいのものだ。それとニンニクも切らすと悲しい。私にはこの程度の料理用材料があればいい。私は必ず自分の手で料理した食事を食べている。

お金を儲けたって、人は日に五食は食べられない。別荘を世界中に十数軒持っているというハリウッドのセレブだって、同じ日に二軒の別荘で暮らすことも、同じ晩のパーティーに二枚の服を着て行くこともできないのだ。

こう考えてくると、お金は少しほしいが、たくさんは必要ない。

iPhoneを使わないのは、私の能力がないのと、私の仕事は昔ながらの方法で何とかやっていけ、しかもそれに馴れているからである。

しかしiPhoneの売り出しの日の朝早くか、その前日から店の前に並ぶと言ったら、母に与える絶望は大きいだろう。

人並みな興味しか持たないなら、人より少しでもいい生活を望むな、と母は言うだろう。ただほんとうはそんな単純なものでもない。人生には運というものがある。勤勉な秀才が一生出世せず、怠け者が幸運をつかみ大金を手にする話は、昔から有名な作家が書きたがった典型的なテーマだったのだ。

夫源病《ふげんびょう》の発生メカニズム
――夫の存在と慢性病との関係

「毎日が発見」という雑誌で、「夫源病《ふげんびょう》」という特集をしていた。

自分では気がついていないけれど、夫の存在が主に更年期障害の理由とされるものを言うらしい。さらに定年後、夫がうちにいるようになる頃発生するさまざまな慢性病を指している。定年後の暮らしについて、世間の夫たちの十二・五パーセントが、「とても楽しみ」と答えているのに対して、妻の方はたった一パーセントしか、楽しみと感じていない。つまり、願わくば、夫には今まで通り家にいてほしくないのだ。

一方、定年後の生活を「とても不安」と答えたのは、夫がわずか二・五パーセントなのに、妻の方は十三パーセントもある。

夫源病の病名がいくつか挙げられている中に「線維筋痛症の疑い」という項目があるのを見て、私は「そうだ。私も夫源病だったんだ!」と思い当たった。

私はここ数年、この病気の症状と思われるもので、少し不自由をしているからである。「疑い」となっているのは多分、この病気には、今のところ確定できる数値の異変も病原菌も、従って治療法も発見されていないからである。

すると夫の方も嬉しそうに、「僕の方にもあるぞ。僕の『過敏性腸症候群』がどうしても治らないのは、これはつまり妻源病だったんだ」と言う。

この記事は大阪樟蔭女子大学学芸学部教授・石蔵文信《ふみのぶ》氏の著書『妻の病気の9割は夫がつくる』から抜粋されたもののようである。

「今すぐ夫をチェックしよう」というリストもあって、これに引っかかる夫には、妻の健康に害毒を及ぼす危険性があるらしい。

「人前では愛想よく、家の中では不機嫌」

というのが第一項目である。我が家の夫は、この反対だ。外ではぶっきらぼうだが、うちの中ではにこにこしている時が多い。これは人付き合いがいい人の正反対である。

「家族に対し、上から目線で会話する」にも夫は該当しない。もしかすると私は、講義をしてくれる人が好きだから気にならないのかもしれない。

「とんでもない。家事を頼む時はおろおろしている」と夫は言うだろうけれど。

「家事をまったく手伝わず、口だけ出す」こともない。私より夫の方が、こまめにお皿を流しに運ぶ。しかしそれは優しさのせいではなく、こんなところでまでこまめに運動をしておけば、女房より長生きするだろう、という計算かららしい。

「家族を養っているという自負が強い」

夫は恐ろしくお金を使わない性格である。私に言わせると、質素を通り越して吝嗇《けち》に近い。とにかく、本以外には何も要らないのである。私に髪を刈らせるから、床屋代も要らない。自分が稼いできただけとうてい使っていないから、残りを家族がどんなに使おうと知ったことではないのである。私はお金の使い方で、文句を言われたことがない。

「『ありがとう』『ごめんね』を言わない」

夫はこんなことくらいよく言う。そう言って褒めようものなら、多分「タダだもんな」と言う。昔から不実が売り物なのである。

「妻の行動や予定を細かくチェックする」

こういうこともしない。それどころか、妻がどこへ誰と行くか、私の口から聞かされても注意して聞いていないから覚えていたことがない。

私がサハラに行った時、知人たちから、「奥さん、サハラだそうですね。よくそんな危険なところへ出かけるのをお許しになりましたね」とでも言われようものなら彼は嬉しそうに答えていたようである。

「何でも砂漠に行くと、神が見えるんだそうですよ。しかし砂漠に行かないと神が見えないとは、不自由なもんですな」

女房の馬鹿さ加減を口にするのは、日本の男にとっては実に無難な快楽であるらしい。

まだ若い時、或る日、電話口に出た夫に、相手が、

「曾野さんはおいでですか?」

と尋ねた。すると夫は、

「彼女は、誰か男の人と出て行っちゃいましたけど」

と答えたと言って、秘書は笑い転げていた。夫にすれば、自分が名前を知らない編集者と私が、仕事で出かけたことを言ったのだから、別に不正確ではない、ということなのだ。

私の親しい女流作家のご主人は、彼女が「仕事でどこどこへ行きます」と言うと、まず「僕の飯は?」と聞くのだという。彼女が誰と、どんなところへ行くのかは全く心配していない。それより留守をする自分のご飯の方が心配だということはよくわかる。いずれにせよ、妻の行動を細かくチェックする夫族は、私の周囲にはあまりいない。

「仕事関係以外の友人や趣味が少ない」

というのは我が夫にも当てはまる。彼は本だけだ。八十八歳に近くなっても、三日にあげず本屋に行く。二階の寝室には、どんどん本が増える。大地震が来る前にこの本を二階から下ろさせねば、五十年も経つ我が家は倒壊すること間違いない、と私は本気で恐れている。

私は夫と正反対の性格で、好きなことだらけだ。畑仕事、料理、それに片付け物。つまり家の中に空間をたくさん作ることが趣味である。友人も多い。お惣菜でご飯を食べに来てくれる友達がいないと寂しい。

「妻がひとりで外出するのを嫌がる」

そういうこともない。ほんとうは私がいた方が「毎日のおかずが複雑になる」とは思っているだろうが、「長い年月、俺は結婚生活に耐えてきて、そんなことくらいに弱音を吐く男ではない」と思っている節もある。だから私がアフリカに行くと言えば、仕方がないと思っている。それに、私が一人でアフリカへ行けなくなったら、私の健康に問題が生じた時なのである。

「家事の手伝いを自慢する自称『いい夫』」

でもない。家事を手伝うのは、女房のためではなく、自分のトレーニングだと思っている。

「車の運転をすると、急に性格が変わる」

こともなかった。

二〇一二年の八月十五日、恒例になっている靖国神社参拝に行った時、近くのホテルの駐車場で、夫は柱に軽く車をこすって傷つけた。前々から夫に運転をやめてほしかった私はそこで大々的にケンカをして、その日にやめる決心をさせた。

いい記念日になった。戦争で亡くなられた方たちこそ悲願とされたに違いない「自分も人も殺さずに済む」という目的が、これでも一部果たせたからである。

私はそれから靖国神社の拝殿の前まで行き、こんな平和な日本の今日を、命にかえて贈って頂きましたおかげで、夫にも生涯人身事故を起こさせないで済みました、と英霊に深くお礼を申し上げたのである。

衆人環視の中の親切
——家庭から社会を変え、まろやかな人間を育てる

私は、自分の父が古い命令型の人だったので、そういう性格を今でも毛嫌いしている。父は別に「人倫の道」に反するようなことをしたのではないが、家族の幸福というものを相手の立場に立って考えられない人だった。戦前には、こういう「封建的」な気風を残した男が、あちこちにいたものである。

別にまめまめしく家事を手伝う夫や父になってください、とは言わないが、老人でも学生でも子供でも、今目の前にいる人のことを考えられる人であってほしい。そして、ほんの少し手助けをするという優しさがあれば、地球はバラ色に感じられる。

英語には、このことを表す実に適切な表現がある。ギャラントリィ＝gallantry とい

う言葉である。もともとは、男性的な勇敢を示す語らしいが、男性の女性に対する親切を示す意味でよく使われる。

この言葉には、秘密な匂いがない。むしろ公然と、世間の人々の間で見せる、いやむしろ見てもらうことを意識した明るい親切が感じられる。

この気風が日本にはほとんどない。衆人環視の中で、若い女性に親切にしたりすると、何を誤解されるかわからない。しかし、年を取った女性に親切にしても何も楽しくない、という幼稚な男も多いのである。

ギャラントリィを教えるのは、外国では家庭である。一家の父が、家でも、電車の中でも、道でも、女性にはちょっと親切にして見せて、社会ではこうしてお互いがお互いを助け合って幸福になるんだぞ、ということを自然に教えるのである。

しかし現在の日本では、お皿を洗うことから敬語の使い方まで、家庭ではしつけず、「学校で教えてください」と言うのだそうだ。教育の主なものは、必ず家庭でするべきものなのだ。

家庭から社会を変えないと、どんな秀才ができても、人間としてまろやかでない。

第二章　世の中はすべて理想では動かない

小さな親切
——できる範囲で、相手の喜びそうなことをする

私はもともと小説家で、政治的発想がない。小さなことに目を留めることが仕事だと思っているから、日本の政治をどう変えたらいいかとか、組織をどう作っていったらいいか、などということは、よく考えられない。

それで私は代わりに、ささやかなことで自分の行動を決めることにしている。たとえば高齢者や身障者に対する時も、政策自体を変えたり、組織を改善することなどできないから、自分のできる範囲で、相手の喜びそうなことをすることにしたのである。それなら私の頭でも思いつく。

一番簡単な話は、相手に私の体験談を語ることだ。こんな人に会った。その人がこん

な変わったことを言った。どこへ行ってどういう失敗をした。こんな不思議なものを売っていたので、一つおすそわけに持ってきた、という程度の話である。

老人と身障者が一番好きなのは、外の世界を覗くことのような気がする。別に大したことはないのだが、外はどうなっているのだろう、ということは気になるし、それを少しでも知ると、自分は社会に遅れていないという自信もつくらしい。その語り部である私が外で失敗した話というものが、ことに好まれる。この人も失敗したんだな、そんなことも知らなくて馬鹿にされたんだな、と思うだけで、安心しておおらかな気持ちになる。小さな親切、というものはほんとうにいいものだ。お金もかからず、努力も大して要らない。私は怠け者精神に満ち溢れているので、努力をしなければならないことだと長続きしない。

小さなことで相手に喜んでもらう、ということを皆がするだけで、たいていの人の機嫌がよくなる。機嫌がいい人は好かれる。それが人間関係を穏やかにする。努力しないで、ちょっとしたことをするという空気が世間にできると、社会はもっとなめらかに幸福になるだろう。

病気の縁談
——覚悟を決めて、体の不自由を納得する

昔から、私はいわゆる縁談というものに関わるのが好きではなかった。どんな親しい人だって、その人の本質はわからない。

しかし最近、体の不調を訴える友達に、知人のお医者さまを紹介することはよくあるようになった。何が辛いと言ったって、体の不調が一番堪えるからである。とは言っても、知人のドクターに特別扱いをしてください、と言うことはない。私自身は、眼と両足に手術を受けた。それぞれに普通の人より面倒くさい点があり、それをクリアしないと受けた治療で治ったと言えないから、その分野の専門家を知ることになったのである。

ここのところ数年、私自身も体の不調を自覚している。先日ついに、リウマチの専門

医にお世話になった。ごく軽い程度らしいが、私はシェーグレン症候群という膠原病《こうげんびょう》の一種に罹《かか》っていた。このドクターのことは、リウマチでありながら働き続けている知人から聞いていたのである。だから一度でこの病名がわかった。そうでないと何ヶ所もの医療機関をめぐって時間とお金を無駄にする。私は、だるさ、微熱、眼の乾き、足の裏が痛くなること、上腕の痛みなどで、時々起き上がれなくなる。「この病気は薬もありませんし一生治りません。しかし死にません」というのは、いい病気だ。治してくれる医者を求めて、日本中を駆け廻らなくて済むし、高い薬を買う必要もない。ケチを標榜している夫の趣味にも合うだろう。

診断を受けて、その現実を受け入れ、覚悟を決めて、体の不自由を納得する。それが高齢者の生き方としては始末がいい。そこへ到達するために、早く正しい診断を受け、治る部分があるなら治療を受けて、行動の自由を取り戻すことだ。だから私は専門医を紹介することだけは、時々するし、自分もその恩恵を感謝して受けるのである。

輝くような生の一瞬
――人の体と心に触れて生きる大切さ

日本人は外国人風の挨拶に馴れていない。

夫婦でも恋人でもない異性と、頬を触れ合うようにして抱き合う挨拶はいやだと言う人もいるが、私は何度か南米やアフリカを旅しているうちに、こういう習慣はいいものだ、と思うようになった。

つまりその挨拶を、衆人環視の中でできるような関係なら、何も問題はないのである。むしろ老人の介護などでは、肌を触れることはほんとうに必要なことかもしれない。

しかし、私は握手という習慣が基本的には好きではない。細菌やウイルスが病原菌だというなら、握手というのは、感染症を広める上で悪い習慣だ。タイやインドのような、自分の胸の前で合掌して軽く頭を下げる挨拶は、その点、東洋的だし、慎ましやかに相手の存在を尊重する心の姿勢が出ていていい。

アフリカの難民キャンプに、緒方貞子国連難民高等弁務官事務所長とご一緒したことがあるが、何十人、何百人と泥だらけの手の子供たちと握手なさった後で、友好の印に差し出された「生水」まで飲んで見せねばならないことにおなりになった。心配になったので「梅肉エキスをお飲みになりますか?」と小声で伺ったところ、「ほしいけれど手があまりにも汚れているので」とおっしゃったので、誰とも握手しなかった私の指で、口にお入れしたことがある。エボラ出血熱が蔓延している土地では、患者に素手で触れることはできない。

しかし普通の場合、人は相手の肌に触れると相手が心を開くのを感じるものだ。医学的に禁じられていないなら、触れたり、さすったりしてあげるのがいい。

一応健康に生きているということは、それだけで美しいものだろう。死んだ人が美しくなることはないので、「健康」そのものが輝くような美だろうと思う。人の体と心に触れて生きる瞬間を大切に感じなければならないはずである。

当世おっちょこちょいたち
――「常識はずれのこと」に見る濃厚な人間性

どんな実人生にも、それらしくない滑稽な瞬間がある。

私の知人の老婦人は、夫のお通夜の間中、ずっとすやすやと眠っていた。献身的な賢夫人という評判だったから、看病疲れが出たのだろうと、誰もが察してはいたのだが、隣に座った息子が何度突っついてもあまり起きなかった。その光景は夫との別れを悲しんでいるというよりほっとしているように見え、周囲の人たちの温かい微笑を誘った。

小説家はこういう情景を描いて、むしろその老婦人がいかに亡き人にとってはなくてはならない伴侶だったかを描くのだが、世の中には時々、「常識はずれのこと」や「信じられないようなこと」があって、私は善悪も理屈もなく、その濃厚な人間性に笑い出すことがある。

二〇〇六年になって一月九日の英字新聞に掲載されていたフランス通信によれば、五週間前に、バクダッドで誘拐されていたベルナール・プランシュという五十二歳になるフランス人の技師が、このほどめでたく解放されたのである。この人は水道などを敷設するNGOで働いていたのだった。

誘拐犯はお定まりの台詞で、フランス政府に対し「イラクに不法駐留している軍を引かなければプランシュを殺す」と脅していたのだが、フランス政府が、我が国はイラクに兵を出していない、と教えてやったので、人質は解放されたのだという。

過激派などというが、その粗雑なおっちょこちょいぶりは、「まるで私のやることみたい」である。脅迫するなら、果たしてフランスはイラクに派兵しているかどうかを調べてから言えばよかったのだ。おっちょこちょいは過激派にもいるというわけだ。

それで思いついて、「おっちょこちょい」というのを和英辞典で引いてみた。わざわざ語学学校へ行かなくても、電子字引で英語を教われるなんて、何といういい時代だろう。

出ている翻訳は二つであった。「スキャターブレイン」と、「ケアレス・パーソン」である。「スキャターブレイン」というのは「注意散漫」、文字通り解釈すると、脳味噌が散らかっている人のことである。「ケアレス・パーソン」という方が、かなりまじめな表現という感じで、「注意をしない人」のことである。

簡単に言うと、過激派と言っても主義主張がきちんと通っているわけではないのだ。人質を取ること、その後の脅迫のやり方にも出来合いのパターンがあって、同じ文句を使うわけである。しかも人間は、私の体験から言っても、間違いないと思い込む部分ほど決定的に間違えるものなのだ。そこがおかしさなのである。

当時、私は年に何回か一、二週間をシンガポールで暮らしていたのだが、それは私の読書と執筆と、異文化との接触のどれにとってもいい状況だからであった。もっともそんな高級な理由だけを挙げていると少し嘘くさい。シンガポールは、もちろん冬暖かく、夏も明らかに日本より涼しいので寒がりの私にとってはまさに救いだったのである。

本が読める理由は、テレビが一台しかないことにもある。そして何度、心を改めて見ようとしても、日本のＮＨＫの放送は世界的視野には欠け、改めて島国根性、井の中の蛙、幼稚などという言葉を思い出させる内容なので、自然にテレビを見なくなることが読書推進に大いに役立つのである。

新聞は私の大好きなものなのだが、シンガポールで日本語の新聞を買おうとすると数百円もする。しかし、地元の英字新聞は五十円以下で買えるので、私は経済観念からもっぱら英字新聞を買って、それこそ一日中、書くことに疲れると、広告から死亡記事まで丹念に舐めるように読んでいる。

その中で、目の覚めるような死亡記事があった。面積が大きいからおそらく有力者の家の夫人なのだろうが、普通は誰でもが、何歳で亡くなったか享年を記してあるはずのところが、全くの空欄なのである。

死者には孫も大勢いるところをみると、三十歳や四十歳ではない。女性の死者の場合、たとえ八十五歳で死んでも、使われている写真が五十代というケースはよくある。しかし死んでまで年齢を徹底的に隠すという人は、少なくとも日本では見たことがなかった。

有力者の死亡記事は縦二十五センチ、横十七、八センチほどの大きなもので、しかもそれを二つも三つも一人の死者が占めている時がある。それはその人自身が社会的名士だったり、企業家の妻や父母などである場合だ。この名士が関係している複数の会社がそれぞれに、追悼の言葉を載せた死亡記事を出すからである。

この記事がまた私にはなかなかおもしろい。死者が男の場合は、妻或いは妻たちがまず名を連ねる。先妻が死亡している場合もあるが、まだ古い中国人社会では、ごく数は少ないだろうが、公然と複数の妻を持つ人もいたように思われる。それから息子とその配偶者、娘とその夫たち、男孫とその配偶者、女孫とその夫たち。洗礼の時、代父や代母になった子供たち、養子、と直系の子孫はすべて名前を出すから、まことに読みでがある。日本の死亡記事はその点、家族のイメージが浮かび上がらなくてつまらない。

とにかく隠したってわかるのにと思うのは、私のような怠け者の判断で、世の中には死んだ後でも体裁よく思ってもらうために「頑張っている人」がいると思うと、少し心が引き締まる。

私は今でもパソコンのワープロ機能は使っているが、インターネットもEメールもホームページの使い方も知らない。だから二〇〇六年初め、堀江貴文社長の「ライブドア」に地検の捜査の手が入った翌日、そうした「近代兵器」の持つ意味に詳しい人たちに会えて、捜査の本当の目的を教えてもらえたのは幸いだった。

昔の家宅捜索といえば押収するのは帳簿や手紙だった。しかし今はもっぱらコンピューターの記録がターゲットなのだという。近代兵器は便利だが、始末が悪い。紙なら燃やせば証拠隠滅ができるが、ＩＴ機器は通信先の相手もあって、完全に消し切れないのだと言う。

説明者は、それでも私がよく理解できないことを素早く察知したらしく、私が、

「携帯があると、奥さんに秘密の女の存在を隠すのが大変だなあ」

と言うと、もてもて男は、

「そうです。ただ消しただけじゃだめなんです。携帯の電話機をカナヅチで叩き割って破片を踏んづけて、地面に埋め込まないと」

証拠隠滅はできないのだ、と教えてくれた。夜、公園で靴底で何かを土にすり込んでいる男がいたら、それは浮気男なのだ、と以後私は思うことにしたのである。

緑の季節

――世の中はすべて理想では動かない

年を取るということには、九十パーセントろくでもないことだが、残りの十パーセントくらいはいいこともある。一番卑怯で理解してもらいやすいのは、もうすぐ私は死ぬのだから、あまり深く考えないで済む、と思えることだ。学校の掃除当番をうまいことさぼって家路につけた時の小学生のような気分である。

しかし私の中の残り十パーセントくらいはまだ感情が残っているから、その部分が少し始末が悪い。当然のことだが、その判断は若い時より複雑にねじ曲がっているから、世間を見る眼も、一筋縄ではいかない。

毎日新聞の二〇一三年五月六日付の「風知草」という欄は山田孝男氏の受け持ちの日

で、安倍晋三総理が今回の外遊で日本の原発を売り込むのに積極的だったことに対する批判である。

「(日本の原発は) 不備があるから再稼働が滞っている。

にもかかわらず、外国に売る。『先様がよくてこっちも助かるならいいじゃないか』という考えには同意できない。自国の経験に学び、友好国の安全も親身に考える徳に欠ける。『富国、無徳』はいけない」

私も、国家の徳というものが実に大切だということを過去に何度か書いている。こういうことを言うとさぞかし幼稚だと思われるだろうけれど仕方がない、と首をすくめるような思いもあった。そういう私の態度が何度か真っ向から試されるような事態も過去にはあったのである。

私は一応、カトリック教徒だということになっている。信仰が厚くないからできれば隠しておきたいのだが、私が常に神の眼を意識して生きていることは事実だ。

だから、妊娠中絶の手術には昔から反対だった。バチカンは自然の生理を利用した方法以外、避妊も認めない。しかし私はどうもこの点には反対である。避妊はまだ生命が着床しない以前の状態だ。従って命を断つことにはならない。貧しい人たちに、器具を使わない性生活をしなさいということは、大きなむずかしさを伴っている。

しかし私は中絶は認めない方がいい、ということを、よく書いたり言ったりしていた。戦後の日本は電子産業でも自動車産業でも大きな成功を収めたが、最大の産業は、人工妊娠中絶だった、とあからさまに言う医師に会ったのは、もう四十年以上も前のことだ。

当時既に、日本は日本人の人口とほぼ同じ数の、つまり一億人の人の命を中絶してきていた。それも届け出られた数字だけだから、闇を含めると、どれだけ多くの人命が戦後葬られてきたかしれない。

そういう医療行為を受けることは人権として当然と言いながら、一方で「一人の人間の命は地球よりも重い」と言う人は、どこかで論理が狂っているというのが私の考えである。

しかし——あれは私が初めて中南米に行くようになって、現実を知って間もなくだったと思うが——「そんなことを言っても、中絶の手術を認めなくなると一番困るのは女性たちですよ」と教えられた。中絶を正当な医療行為として国家が認めなくなると、望まない妊娠をした女性たちは、闇医者のところに行くことになる。諭せば思い留まるような状況の人たちばかりではないからだ。そこで自分の命さえ落としかねないような悪質な技術の堕胎医に遭っても仕方がないことになる。

日本でこんなに後始末に苦労している原発なんですから、私も他国は建設しない方がお楽でしょう、と言いたい。しかし日本が引き受けないと、その国は他のもっと劣悪な構造の原発を買って、もし事故を起こせば、その影響はその国だけでなく他国にまで及ぶようになるかもしれない。世の中のことはすべて理想では動かない。何よりも経済的な事情と引き換えの妥協の産物だからだ。

同じ頃、産経新聞の「産経抄」欄は、樹木の大切さに触れていた。緑を育てるのは、私の趣味の一つでもある。もっとも私は、食べられるものを植えるのが好き、という、趣味より実益を兼ねることに傾きがちだが……。

記事には私と同年の高齢ながら、日本人の若い人たちを連れて、中国、モンゴル、マレーシア、ブラジルまで木を植えに行っているすばらしい男性の話が出てくる。

植林が成功するか否かは、ひとえにカウンターパートの素質にかかっている。つまり国や郷土を愛し、その緑化の意味を知り、多少の技術的基本を知っている土地のリーダーに会えれば、計画は成功する。しかしそうとばかりは限らない。

マダガスカルの南端に近い土地では、日本から専門家が行って苗木を育て、移植の指導をしている間はすべての作業がうまくいっているが、その人が帰ってしまうと、全く水をやる気力も意味もわからない人に任せることになるのが心配だった。悪意ではないが、彼らは木を育てられないのである。

「この木は五十年経つと立派な材木として高く売れるんですよ」と説明しても、その村に五十歳を越える年齢の人がほとんどいないか、自分の年がよくわからない人がいて普通だということになると、五十年という年月の意味もわからなくて当然なのだ。

もっと驚いたのは、植林が早くも詐欺に使われていた例もあることである。イスラエルがそれをやったのである。

或る年、私たちは、障害者たちと行く聖地巡礼の旅程に植林のプログラムを組み込んだ。十ドルだったか二十ドルだったか忘れたが、特別に払うと苗木と名札をくれる。私たちは指定された荒れ地に、それでもめいめいの思いをこめてその苗木を植えた。私は当時、悲しい思いをしていた人がいたので、その人の名前で木を植えた。後でその人に、あなたの名前をつけた木が育っているかもしれないから見に行って、と言うつもりだったのである。

しかしその計画は詐欺であった。業者はすぐにその苗を引き抜き、次のツアーのグループに渡して同じ土地に植えさせていた。考えてみれば、なかなかユダヤ人的な狡猾なやり口であった。

今この季節、私は庭の灌木や花の若い威勢のいい芽を取って、差し芽をするのに忙しい。四月から梅雨の終わり頃までは、たいていの植物は差し芽で活着する。苗を買ってもいいのだが、自分で種を蒔いたり、芽を差したりするともっと情が移る。

しかし植林も後のケアを必ずしなければならない。ほんとうに若木が生きているかどうか、数年後に、どんなに現場が遠かろうと、必ず見回りに行くことが肝要だ。だから生半可な決意ではできない。

すべて生涯をかける事業は大変なことだということを若者たちに教えるという点だけでも、このご老人は立派な仕事をしているのである。

夕陽の中のサトウキビ畑
──人生の選択に迷いながら生きる

世間の大方の健全な心理は、人生いつでも、前向きな姿勢で現実的な夢を持ちなさい、ということらしいが、私には昔からおかしな傾向があった。もし自分が、この悲惨な立場になったら、どう振る舞うだろうか、と本気で考えることばかりだったのである。

若い時、私は夫とよく映画の西部劇を見に行った。あれはドライで幼稚な力関係を楽しむものだから、確かに精神的には暗い影を残さない。その点、最近の戦争映画やナチスものは、私は全く娯楽的な姿勢では見ていられない。

実録であろうと作り物であろうと、戦争映画に出てきて私の心に突き刺さるのは、傷ついた仲間を後方に運ぶ光景だ。いささかの装備をつけたままの大の男なら、ごく普通に百キロの体重はあるだろう。それを数人で担いで、危険地帯を脱けたり、長い道を運ぶ姿ほど私にとって辛いものはない。最近のアメリカでは、こういう場合、必ず救援のヘリが危険を顧みず救出に現れるようになっているが、果たしてすべての前線でそんなことができるのかどうか。

実はこういう「人道」の概念もまた戦力として計算されるようになっているという。対人地雷というものは、昔は踏めば、人間が吹っ飛ぶという形で即死するようになっていた。しかし最近の地雷は、軽く（?）足などを吹き飛ばす程度で、人は死なないようになっているという。傷が軽ければ、仲間が最低二人から四人くらいで、その負傷者を後方に下げるために戦列を離れる。それがてきめんに兵力の削減に繋がるという計算である。

私だったら……といつも思う。私はそんな重い仲間を運ぶために、山坂の道を、敵の砲火にさらされながら救出の仕事を果たすだろうか。自分の身の安全を第一にするために、負傷者を置き去りにしようとするのではないだろうか。

私はこうして悪いことをいつも想像し、そこで自分がどんな卑怯な振る舞いをするかをずっと考えて生きてきたような気がする。いくら思い出そうとしても、私は自分が幸運を得て、それでいわゆる「夢のような豪華な生活」をする楽しみの未来を想像したことがない。夢は悪夢のみなのだ。

おそらくその性癖のためだろう。自分ではすっかり忘れていたのだが、時々奇妙な新聞の切り抜きが出てくる。今手にしているのは、二〇一三年八月十日付のシンガポールの英字新聞「ザ・ストレイツ・タイムズ」である。

「ジャングル男、ベトナムで姿を現す」というのが見出しだ。

ベトナム中部のジャングルで、一九七二年、アメリカの攻撃におびえた一人の男が、当時まだ一歳だった息子を抱えたまま、ジャングルの中に逃げ込み、そのまま姿を消した。

生き残った息子のトリが、親戚の人から聞いた話を総合すると、当時の状況は次のようなものになるという。

トリの父、ホー・ヴァン・タンは当時ベトナム軍の兵士だったが、自分の家のある村の近くに駐留していた。村が砲撃されたと聞くと、この父は駆け戻り、残骸になった自宅の跡で、妻と二人の息子の死を知ったのである。

トリの記憶によると、父は妻と二人の子供の死を知ってパニックに陥り、ランという、当時まだ一歳だった息子を抱えると、密林の中に駆け込んだ。父はそれ以来消息を断ったのである。

まだ幼い子供だったトリは、十二歳まで、父と弟を探す叔父についてジャングルの中を歩いた。ベトナムのクアンガイ県のテイ・トラ郡という地方でのことだそうだ。

二人が森の奥深くで生きているらしいことは、住民たちによって発見されていた。四時間も歩いて彼らに接触したジャーナリストは、

「腰布だけを巻いた彼らを眼の前にして、まるでターザンに会っているみたいでした」

と語っている。

父のタンは、もう八十二歳になっていた。マラリア蚊もいるであろうジャングルの中で、医療とも無縁で八十二歳まで生き延びたということは、私たちが都会的な生活の中で、栄養食品だ、予防接種だ、健康診断だと言っている姿勢をいささかあざ笑うようではある。もっとも彼は、救出された時、もはや歩く力もなかったので、ハンモックに担

がれてきた。一歳で森の生活を始めた末の息子のランも、今は四十一歳になっていた。写真では、二十代の若者に見える黒髪の人物である。

彼らは、自分たちの故郷で話されているキン語さえもはや喋れなくなっていた。

彼らの家は、樹上五メートルの高さに作られた鳥の巣のようなものだった。食べ物は、キャッサバと呼ばれる薯《いも》、トウモロコシと、その辺に生えている野生の葉っぱ、それに川岸に作っていたかなり広い面積の畑のサトウキビだった。不思議な場所にサトウキビ畑ができていても誰も不思議に思わなかったのだろうか。

小さな火種が家の中に蓄えられており、彼らは自分たちで作ったタバコを吸っていた。道具はほとんど石器時代に近かったようだ。石で斧やナイフを作り、猟をするための矢も作った。過去の思い出を全く断ったわけではないらしく、鳥の巣小屋の隅には父親の軍装のズボンがきちんと畳まれており、傍におそらく赤ん坊のランが父に抱かれて逃げ出す時に着ていたのではないかと思われる赤い小さなコートも残されていた。

実はトリは二十年ほど前に、父と弟に会っているのだが、「世間に戻ってきて」と言っても、説得することはできなかった。

救出されたタン老人は、あまり体調がよくない。鬱病ぎみで、食べも飲みもしない。甥の一人によれば、「彼は話しかけられている人の言葉がよく理解できないようだ」という。四十一歳の息子のランの方は親戚の人たちに心を開き、次第に社会復帰を果たしつつある。若いということは、やはりすばらしい。

戦争に抗議する、というが、このタン親子の半生ほどそれを思わせるものはない。一瞬にして妻と二人の息子を奪われた父に、アメリカは一生を狂わせるほどの打撃を与えた。しかしこの老いた父は、もはや言葉を話さない。話せないほど抗議をしているのだろう。

私自身がこうなったらどうするか。さしあたり命が惜しいからジャングルの中に逃げ込むというのは、ごく自然な行為だ。しかし私は、時々川の傍のサトウキビ畑に立って、自分はここにずっと留まるべきか、それともこの川に沿って下流に歩いて行くかを、夕陽の中で考えるだろう。私は常に自分が選ぶ道がわからない。だから私は現在の自分の生き方を信用しなくて済んでいるのである。

壮麗な墓標

——受けていい恩恵にも限度がある

身も蓋もない言い方になるが、私は母たちが生きてきたような時代に戻りたくない。一口で言えば、封建的空気の強い時代であった。

お風呂はお父さんが一番先に入らねばならない。床の間の前には、やはりお父さんが座る。お母さんが台所でどんなに重いリンゴ箱や、漬け物石を持ち上げようとしていても、お父さんは「手伝ってやろうか」とか、「それは俺が持つ」とは言わない。

私は何もかも現代が好きだ。洗濯機がない時代の洗濯なんて地獄だった。ガスの火でご飯を炊くのはちょっとおもしろくて得意だったけれど、火加減を傍についていて見なければならない。冷蔵庫なるものは、氷屋さんが切った氷を配達するのを毎朝受け取って、二つの室に分かれた冷蔵庫の上の氷室に二貫（七・五キロ）の氷を入れなければならない。うちではそれが子供の私の役目だったから、ますます恨みは深い。氷を持つと手が冷たくてしびれた。

何もかも現代万歳だが、時々わずかに昔はよかったと思うことはある。昔の人は誰がもっと忍耐強く、遠慮ということを知っていた。現代は、賢い人は遠慮を知っているが、愚かな人は野放図に権利だけを主張する。

日本はここ数年、集中豪雨がある度に土砂災害に見舞われるようになった。その上火山まで活動期に入ったのか、噴火に巻き込まれる人も出てくる。どの場合も、被災者救援、ことに行方不明者の捜索には、警察、自衛隊、消防、それにボランティアたちと、たくさんの人たちが救援に出た。制度も次第に整備されてきて、現場で初期の救急医療ができるような特別な医師団も出動するようになった。

壊れた家屋を片付けることは重機があれば実に簡単だが、流れてきた巨石や、マサ土と呼ばれる風化花崗岩の泥の下から遺体を見つけ出すことは、非常に困難な作業だ。テレビで見ていても、泥に埋まった足を一歩抜き出すだけで数十秒かかる泥濘《でいねい》の中を歩いて救援活動をしなければならないような現場は、男性の体力をもってしても非常に苛酷な状況である。そういう作業をする人たちに、私たち市民は、どれだけ感謝を捧げているかしれない。

これから先が、私の本旨である。こうしたすばらしい救援を受けられることは、日本人の幸せだが、幸運は受ける方に自制も要る。私だったら、生存の可能性を失った期日後には、行方不明の家族の遺体捜索を遠慮すると思うのだ。ところが、最近は何十日かかろうと、最後の一人まで探すのが当然という風潮が出てきた。

もしかすると壊れた家の下で生きているかもしれない、と思える時期なら、人手を増やして探し続けるのが当然だろう。今まで「水なしで生きられる期間」の最長は二週間と言われていた。

たった一人の遺体捜索のために、延べにすると、数千人が、莫大なお金を使った。東日本大震災後はいつまで遺体を探したのか私は知らないし、他人がそれを要求する場合は決して反対はしない。しかし自分の家族の場合だったら、生存の希望がない状態になったら、遺体捜索は中止してもらう。何としても、もう生かす手だてがないと思われる場合は、遺体がこの山か海のどこかで眠ることを納得しよう。そして生きている人たちの生活を圧迫しないようにしようと思うだろう。それが戦前から伝わる、一種の遠慮という賢さだったように思うのだ。

それでも愛する者の、遺体の一部を手元に取り戻して葬りたい、と願う気持ちも私にはよくわかる。そこで新しい制度の創設を願うのだ。それは全日本人が、二十歳の成人式を祝う時に、髪の一部と爪を、どこか政府の設置した安全保管施設に預けるという習慣である。もちろんそれより幼い子供も、事故には遭う可能性はあるだろう。しかし奇禍に遭う恐れが増えるのは、大人になって社会生活を始めてからだ。

政府は、崖崩れにも、火山の噴火にも、集中豪雨にも、津波にも遭いそうにない最高の安全が期待される山中に、国民の個人記録保存庫を作り、規定の期間に遺体が出ない場合には、そこから「遺体」の一部を、遺族に返せばいい。そうすれば墓に納める遺体がない、という悲しさは避けられる。その上、この制度は、国民が国の内外で、事故や犯罪に遭って、個人識別がむずかしくなった時にも、素早くＤＮＡサンプルを提供できるようになる。そして今回のようにその人が帰ってこないとなった時、遺族には、お墓に納められるような遺体の一部を返せるというわけだ。

遠慮というものは、決して他者に要求することではない。しかし自分の家族一人の遺体を発見するために、人手とお金を使いすぎることもまた、あまり美しいことではない。私たちは社会の一員として生きており、受けていい恩恵にも限度があることを普段からはっきり認識しておくことだ。

登山家の植村直己さんは、一九八四年にアラスカのマッキンレーの冬季単独登頂に成功した帰路に行方を断ち、未だに現地に眠っている。その数年後に、私はたまたまオーロラ取材のためにアラスカに行った。オーロラは北緯六十五度線上で、それより北に明るい大都市のない地点でよく観測される。私は朝方アンカレージで小型機に乗り換え、さらに北部の町へ向かった。その途中に、植村さんが消えたマッキンレーの氷河のすぐ前を飛んだ。朝だったので、マッキンレーの渓谷は、祝福の光とでも言いたいような朝日の輝きを、谷いっぱいに湛えていた。

私の眼下には、雄大な氷河が開けていた。それはこの世のものとも思われないほど清明に光り、生涯、山の美学には縁がないと思っていた私の心にも感動が溢れた。

何という雄大ですばらしいお墓だろう、と私は思った。マッキンレー全体が、植村さんの墓所であった。それは自然に、英語で霊廟を意味する「モウソリウム（mausoleum）」という言葉を思い起こさせた。光に輝くマッキンレー全体が、まさに植村直己氏の全生涯を記念する霊廟であった。

東北の懐かしい海、御嶽山全体、広島の懐かしい山裾、その全体が、亡き人のお墓だと思えばいいのではないか。普通だったらそこに葬ることを許されない人でも、事故の犠牲者には許される。そう考えて、生きている人には苛酷すぎ、しかも遭難した人を生きて救うことにはならない無駄な救援活動は、一定の医学的な根拠に基づいた期間だけで、後は中止する制度があってもいいだろう。

遠慮ということは、決して生きる権利を不当に放棄することではない。遠くを慮ることのできる人間の叡知を示したものなのだ。

昼夜のけじめ
——人間の営みに必要な生活のめりはり

年を取ると、体のどこかに故障が出るから、半分寝ている人も多いだろうし、そうなると、一日中寝間着のままでいても、家族はその方が体が楽でいいでしょうなどと言うようになる。私は性格的にも楽が一番いい、と思いがちで、おしゃれも考えてみれば嫌いではないのだが、何より面倒くさいのはいやという傾向は拭いがたい。

しかし人間は、ほんとうに寝たきりの重病人でない限り、朝は着替えをして、昼と夜の区別をはっきりさせることが必要なようだ。

どこの話だったか覚えていないのだが、長期療養型の病院でも、入院患者にさえ朝は着替えをさせる。つまり昼には、その人は社会に繫がって生きるという姿勢を植えつけるのだ。着替えは介護者にとってけっこう面倒な仕事だが、それでも必要なことだという。私には膠原病があるので、ことに朝など着替えが辛い。だから体の楽なイスラム教徒の着る長衣を着て、まあ構造的には寝間着に近いものに着替えるだけなのだが、それでも昔は二分で着替えられた行動に五分はかかる。朝食に遅刻することも始終だ。

しかし、この生活上のめりはりというものは非常に大切で、昔、私の知人のドイツ人が経営している乳児院を訪ねたことがあった。すると赤ちゃんの世話をする若い人たちが皆きれいにアクセサリーをつけている。そのドイツ人の女性によれば、保母さんたちがアクセサリーをつけると、赤ちゃんたちは興味津々でそれを眺め、やがて手でそれに触りたがるようになる。どこをどう刺激するのかわからないが、それが脳を育てるということになるのだろうと彼女は言う。知能だけでなく、いわゆる広い意味での情緒を円満に豊かに育てるのだ。けじめというと、他者を意識した見栄のための行為のように言う人がいるが、昼夜のけじめは人間として計算できないほど複雑で大切な営みのようだ。

老人教育
——「必ず人はいつかは死ぬ」という認識

　先日、或る高齢の医師と話し合っていたら、最近目立つのは、高齢者が勉強不足だという点だという。高校か、大学か、とにかく勉強を終えてから、もう何十年と経っている。その間、確かに人生体験は増えたろう。多くの人に会っているのも事実だ。しかしその割には、本も読まず、ものを考えるということもせず、老年は呑気に暮らせばいいと甘えた考えをしている年寄りが多いのだ、と彼は言う。

　驚くのは、自分が死ぬとは思っていないらしい老人もいるのだという。政府がもっと医療福祉に力を注ぎ、難病が治るような新薬が開発されれば、まるで死ななくて済むほど長生きができる、と漠然と考えている高齢者が恐ろしく増えたのだという。

しかしどんなに医療設備がよくなっても、必ず人はいつかは死ぬ。その基本的なことを認識させるような老人の勉強会が必要なのだ、とその人が言うのがおかしかった。

私が毎年のように行っているアフリカの諸国は貧しいから、どんなに年が若くても「病気になれば死ぬ」と誰もが覚悟している。医師にもかかれず薬も買えないからだ。

まず国家が、健康保険などという経済的組織力を持っていない。貧しい人は、診断書を書いてもらうにも、注射一本打ってもらうにも、その都度自費で払わなければならない。また仮にお金があっても、抗生物質など手に入りにくい国もたくさんある。そういう国には、コレラも出れば、細菌性の下痢疾患なども日常的にあるから、抗生物質がなければ死ぬことも多いのである。

長年、食べるのに事欠くこともなく、一応満ち足りた生活を叶えてもらいながら、日本の老人の中には、知恵にも覚悟にも欠ける人が出てきているというのは皮肉な結果である。一時期、「生涯教育」という言葉や概念がはやったが、最近は改めて「老人教育」が必要になったと感じている人もいるらしいというのはおもしろい現象だ。

第三章　「私」を失わない眼で外界を眺める

光の海のほとりで

――大地に生活の根を下ろす幸運

私が湘南の海辺の土地に時折り暮らすようになって、もう六十年近くになる。

私は東京の下町に生まれた。東京のような大都市は、とうてい一人の人間の故郷とは言いがたいという人がいるから、その説を採れば私の古里はこの三浦半島の南端に近い土地になった、という他はない。

そこは縄文時代から人が住み、海辺の魚介類を獲って飢えを凌ぎ、海岸の洞窟で寒さを防ぎ、富士山はなかったかもしれないが、海は今と同じような姿を見せていただろう。

人間を大きく分ければ、山志向型の性格と、海志向型の性格と二つに分かれるであろう。私は自分が生来根暗だったから、それを矯正するためにも、海志向型になっていた。

これは大いに矛盾するようだが、おもしろい研究課題である。

と同時に、もう一つ人間の性格には、都会型と地方型とがあるだろう。一緒に暮らしていても、夫は都会好きであった。美術館、映画館、本屋、あまり行かないにしてもレストランや喫茶店などが、たくさんある方がいいのである。

一方私はどちらかというと田舎好きであった。私が料理を始めたのは五十歳を過ぎてからで、今では毎日のおかずを作るのが趣味みたいになっているが小説ほどには全精力を注いでいないから、手をかけなくてもおいしくなる新鮮な材料が簡単に手に入る土地がいい。

約六十年前、東京から百キロも離れていない三浦半島の静かな海岸に、週末の家を建てられたのは私の人生の大きな幸運であった。そこで私は実に多くの、大地に生活の根を下ろしたような作品を書けたのである。

一期一会
――人生は消えていくものだという偉大な事実

朝日にせよ夕陽にせよ、同じ太陽なのだから見た眼はいつだってさして変わるはずはないと私は思うのだが、太陽も月もそして富士山までが、見る時間と場所によって実に違う。さらにおそらく見る人の心理が関わってくると、それらのものが語りかける思いも、全く違ってくるのは、考えてみると不思議なことだ。

場所にもよるのだろうが、私の湘南の住処からは、朝日は全く見えない。おそらく三浦半島の尾根が東側で起こるドラマを隠しているのである。

単に違って見えるなどという程度ではない。私は湘南で暮らすようになって以来、一日として同じ夕陽を見たことがない。ということは、落日を彩る微妙な雲の姿が当然毎日違うので、夕陽の投げかける残照の面持ちも、またその日限りの姿を見せるのである。

それだからこそ、毎日夕陽を眺めて飽きないのだ、とも言える。私の家に友人が遊びに来る時には、夕食に大したおかずを用意していなくても、落日の最後の十分、二十分を、居間のソファーからゆっくりと眺めてもらえることは最高のおもてなしだと私は計算している。

ある人はその光景を、「一期一会ですね」と言ったし、「大変なご馳走でした」と礼を言ってくれた人もいる。

どの夕陽も語っているのは、人生は常ならないもので、いつかは消えていくものだという偉大な事実である。

毎日タヌキが獲れる
——ほどほどの善と、ほどほどの悪で生きる

私の海の家での楽しみは、畑のまねごとをすることであった。海を眺めて原稿を書き、合間に畑をする晴耕雨読の境地には程遠い。もともと鍬を使うのが下手な上に、もう十年も前に足首を折ってからは、まだ軽い障害者である。

土地の人に手伝ってもらって、それでも野菜畑と蜜柑畑からは家族が食べるには充分なほどの収穫がある。ことに採れたてのそら豆をすぐに茹でて食べる時は、贅沢の味を嚙みしめている。

このそら豆に関しては、私は天敵であるタヌキ、ハクビシン、アライグマなどと闘わねばならないのである。

数年前、うちの押し入れでハクビシンが子供を生んだ。カバに似た顔をした赤ん坊が四匹、ひいひい啼いているのを、私は当時タヌキの赤ん坊と思い、スポイトでミルクを飲ませようと試み、親に取りにきてもらうことを願って、夜には寒さ凌ぎに引きちぎった新聞紙を入れた段ボール箱の中に置いてわざと外に放置してみたが、親が来た気配はなく、子供たちは飢えと寒さで死んだ。

言うまでもないが、私がこうした動物を敵視するのは、人間が苦労して作った作物を荒らすからである。私はまだ趣味の園芸だからガマンできるが、専業農家にすれば許しがたい暴力である。蜜柑もイモも豆も、彼らは食い散らす。私の家の近くはスイカの産地なのだが、アライグマはＪＡの倉庫に忍び込んで、出荷直前のスイカをちょっとずつ囓んで廻るというから、被害は大きい。サル、カモシカ、タヌキ、イノシシなどに作物をやられるので畑を作る気にならない、という人はたくさんいる。

今年、市役所が教えてくれて、業者から捕獲用の籠を借り、畑の一隅に仕掛けた。最初の日はバナナを餌に置いたが掛からなかった。私はその間東京にいたのだが、林檎の切れ端を置いたら、タヌキが掛かった、という知らせがきた。タヌキは甘いものが好きであった。

その翌日海の家に行った時、代わりの空の籠があり、餌はまだつけてなかった。私は数日買い物に出なくてもいいように食料を買い込んで行ったので、その中には豚カツ用の豚肉もあった。私は惜しいと思いながらその脂の部分を切り取って捕獲籠の鉤《かぎ》に刺した。

翌朝行ってみると、大きなタヌキが掛かっていた。顔は確かにタヌキなのだが、尻尾は豚みたいに貧相だったので、私は一瞬野猫がかかったのかと思ったくらいだった。

タヌキはひどい疥癬《かいせん》に罹っていて、毛は地肌が見えるほど薄くなっていたが、餌をきれいに食べ、籠の中で平然と眠っていた。取りにきてくれた業者に、私はタヌキの行き先は聞かなかった。どこかの動物センターみたいなところに送られ、そこで皮膚病の手当てをする。タヌキは日本に昔からいた在来種なので、駆除の対象ではないから、病気を治してまた放す、と言うので、私は恐れをなした。再び私とそら豆を争う相手が戻ってくるのかと思ったのだが、業者は私の顔色を読んだのか、「この近辺には放しません」と言った。

私はこの頃、夜中に眼を覚ますと、本を読むには眼が疲れているので、動物の出てくるテレビばかり見ている。それでまたやたらと動物に詳しくなりかけている。

自然自然と言いながら、動物の保護のために人間は余計なことばかりしていると思うことがある。ミーアキャットにGPS（衛星を使って位置を割り出すシステム）のついた首輪をはめて群に戻し、親しげに名前をつけたり、サイを捕えて目薬を塗って放したりしている。首輪をつけられたミーアキャットは、もしかするとそれだけで群の中で差別されているかもしれないし、目薬なしで生きるのが野生の生活というものではないだろうか。

私がタヌキの好物を知っているのは、一時期、山の小父さんと呼ばれる人について、山歩きのまねごとをして、かなり雑学を学んだからである。その時タヌキは豚肉が大好きだということも知ったのである。

都会人にしては貴重な（？）この知識のおかげで、相手が一発で私の策略に引っかかったことはいい気持ちだった。業者は代わりの籠を持ってきてくれ、その日は知人が油揚げとドッグフードを届けてくれた。ドッグフードをまるで誰かがこぼしたように籠の周辺に撒き、それで安心させ、誘導して、籠の中の鉤には油揚げを丸々一枚刺しておく。まあ、もったいない、これでお味噌汁の実ができるのに、と口まで出かかったが、タヌキがもし日替わりのメニューを要求していたら困るので黙っていた。それにドッグフードの前菜つきで、油揚げの京料理というのは、私の豚カツより上等な感じもしたからである。

驚いたことにその晩もタヌキが掛かった。私は知人に「うちじゃ毎日タヌキが獲れるの」と気味の悪い電話をかけた。タヌキを一匹見かけたらその近くには十匹いると思え、と教わったが、次第にその言葉は現実味を帯びてきた。

しかし市の農産課では、籠を貸すのはハクビシンとアライグマのためであって、古くから日本にいて捕獲の対象にはなっていないタヌキのためではない、というようなことも言う。私がタヌキを閉じ込めたのではない。あちらさまで勝手にお入りになったのだ。タヌキさまお断り。ハクビシンさまとアライグマさまのみご宿泊歓迎と差別する方法もない。それに農家の人はタヌキにだって同じように作物を食べられて怒っているに違いないのである。

日本の環境省は長年、人間を圧迫しすぎてきた。サルに店先の袋菓子をかっぱらわれるような市民生活を強いる「動物公方」のような政策を取ってきたのだ。サル、シカ、クマ、イノシシなどに対しては、一定の線を引いた山奥だけを禁猟区とし、それより人家の方に近づいてきたものは駆除していいということにするべきだろう。

一時期、私はブラジルで育った人と一緒に暮らしていたが、その人は、「ブラジルだったら、当然、農作物を荒らすものは猟銃で撃ちますよ。日本の政府は人間の生活を守らないんですね」と言っていた。

別の友人は、近くアユ釣りに行くと言う。「アユなんて羨ましい」と言うと、最近の渓流には、よくもこれほど獲れないと思うほどアユがいないのだと言う。原因は保護の対象になっているカワウが繁殖しすぎてアユを食べてしまうからではないかと思われているのだそうだ。

人道主義、正義、などを完全に守ることで、自分をいい人間だと思いたがるのが最近の風潮だ。しかし人間はほどほどの善とほどほどの悪で生きているのである。ほどほどのところで線引きをする賢さがないと、社会のひずみが人間性を侵すようになる。

ガラス戸の内外
——自然が見せる、厳しいまでの季節の顔

どこからどこまでが湘南なのか私にはわからない。自動車のナンバーに「湘南」をつけられる範囲は別として、人にはそれぞれの土地に対する思い込みがあっていいだろう。戦前からの「私の湘南」は鎌倉、逗子、葉山のあたりだ。今の湘南は、東京の南西部に住む私の家から高速道路を使えば、どこへだって一時間ほどで行けるのだが、昔のたとえば逗子は、上高地や軽井沢などのように、東京からは確実に離れた避暑地と思われていた。

戦前、私の祖母は、毎夏冬、東京の本郷の家から一ヶ月半ほど逗子に借家をして過ごしていた。当時の祖母は息子の一人が事業に成功して、お金に困っていなかったから、

別荘を買いたいと思えば買えたはずなのだが、そんな贅沢は考えず、土地の大工さんが建てた二間ほどの借家を借りることに決めていた。

今でも印象的な光景がある。大家さんの家族が、同じ敷地内にある納戸のような古い建物の一室で、その間だけ家族と一緒に暑苦しく暮らしていたことである。この一家は、冷房もない時代であったから、夏になると一ヶ月半の暑さを我慢して、現金収入をはかっていたのである。

その当時の湘南と東京には、確かに寒暖計の上での温度差があったような気がするが、今、春秋にはそんな差を感じない。ただ、冬の陽射しは東京より明らかに透明で、東京では聞くこともない偏西風がヒューヒューと音を立てて吹く。ガラス戸一枚こちらの側はまさに日溜り。外に出ればウインドブレーカーの襟を立てねばならないのが湘南だ。

湘南は、時に厳しいまでにその季節の顔を見せる。私はそのような正直な湘南が好きなのだ。

富士山が大きく見える日
――「私」を失わない眼で外界を眺める

湘南のいろいろな地点から富士山が見える。

私の住んでいる家に近づくために、国道一三四号線を西に折れる高台からも、もう富士山がくっきりと見える。そこから私の家に行くには、西海岸の方に道をどんどん降りて行くのだが、これは私の感覚から言うと、間違いなく――たとえ一キロ二キロでも相模湾越しに見える富士山に近づくことなのだ。

それにもかかわらず、我が家の庭から見える富士山は、三浦半島の尾根から眺める富士よりずっと小さい。別にお菓子じゃないんだから、大きさの差に文句を言う筋合いはないのだが、昔から自然科学系の理解力がほとんど原人並みにしかないと自覚している私にとっては、感覚と理屈がどうしても合わないように思えて判断に苦しむのである。

大きさの差は多分、心理的な問題なのだろう。そう感じることは私にとってなかなか教訓的なことだ。つまり同じものが、小さく見える素質が私の中にあるということだ。それはとりもなおさず小さいものが、何かの拍子に大きく見えることもある、ということを暗示している。

怖い怖いと思っていると、枯尾花が幽霊に見えることもあるという。眼の前にいる人が総理大臣だというだけで緊張する人もいるらしい。枯尾花をあるがままに風流に眺め、総理大臣などという立場の方には、何か用事か必然があってお会いする時には、その時だけ誠実に質問にお答えをすればいいだろう。富士山は厳然として、いつも富士山そのものである。人間に「私」を失わない眼でいつも外界を眺めることを、富士山は教えてくれているようだ。

食向きの土地
――海と山の幸に恵まれた地に住む幸福

こんなことを人に知られたくはないのだが、私は昔から恋よりも食向きの女だと思っている。よくよく知っているニュースなのに、未だに大飯《おおい》原子力発電所という文字を見る度に「おおめし」と読み、石原伸晃環境大臣が福島で補償は「金目」が解決策だというようなことを言ったという記事を読むと、「キンメだ」と確実にキンメダイのことを考えている。

湘南というところは、実においしいものの多いところなのだ。私の母は福井生まれだし、私は子供の時、一時金沢に住んでいた。だから雪国のしっとりした風情、寒い気候が贈るお米や魚や野菜のおいしさを充分に知っている。厳しい土地には神さまがその分だけ美味を恵んでくださっている、という感じだ。しかし同時に、湘南は欲張りで、ずるい土地だ。気候も穏やか、海と山の風景の変化も備えているのに、食べ物もおいしい。

「停年退職なさったら、湘南に住むといいですよ。物価も安いし」

と知人には言っているが、物価についてだけは町によって違うらしい。東京からの観光客目当てに、干物一枚でも高く売りつける抜け目ない商人のいる土地もあるらしい。

私は家の垣根の近くに、キィウィを植えている。雌木四本雄木一本、その下は野蕗の繁茂する地面だから、十二月から蕗の薹を採る。タラの木を三本植えておいたら、春には山盛りのタラの芽の精進揚げで、お客さまに天ぷら蕎麦をお出しできる。

年金が続くかどうかわからない時代になったら、海と山の幸に恵まれた土地に住むべきなのだ。いやな上役がいたら心を売らずにさっさと会社をやめて、海で漁師さんの仕事を侵さない程度にわかめやひじきの切れ端を拾い、庭と野原で新鮮な野菜を採る。魚屋さんは、信じられないほどの安いいい魚を売っている。それに本と、そこそこの程度のオーディオの装置があって音楽が聴けたら、或る意味で完璧な生活だと私には感じられる。

二十年後もわからない
——どんな暮らしも自然も、哲学や神学に結びつく

私の使っている海の傍の週末の家では、数年前、流行に乗って太陽光発電の装置をつけた。私の知人はもっと早くその装置に着手し「十年で元が取れるのよ。その後は儲かるかもしれない」と言っていたが、私はそうは思わなかった。投資して元を取ってさらに儲けるなどということは、私のような原稿を書くという肉体労働によってのみ、お金を得てきたような素朴な人間にはできることではない。

しかし私には、この流行の設備を取り入れるそれなりの理由はあった。日本政府は、非常に高い輸入エネルギーを使っているということである。しかも円安の傾向に向かっている時期だから、日本の電気はますます高価なものになりかけていた。

さらに私の家の構造にも問題があった。その家は五十年以上前に建てたもので、当時は屋根や壁に断熱材を入れる習慣もなかった。

問題の部屋は約十二畳ほどのいわゆるリビング・ダイニング・キッチンで、南向きで冬はいいのだが、夏の暑さはただごとではない。冷房機をつけてもあまり効かないので、土地の電気屋さんは「どうしてもダメなら、二台つけますかね」などと言っていたのだが、私たちは倹約して一台で我慢していたのである。

夏の間もう少し心おきなく涼しくしたい、と私は考えて、太陽光発電に心が向いたのだ。これなら家族で一番電気を使う部屋に、気兼ねなくいつも冷房をつけておける。

業者さんは、いいことは盛大に言うものだから、屋根の上に器械を載せただけで、室温が二度下がる、という。二度下がったらすばらしいですね、と私は喜んだ。

瓦屋根の傾斜は、発電機を設置するのに適切な角度だというので、設置は比較的簡単に済んだ。それをきっかけに、私たちは暑い盛りには、居間を涼しくするだけでなく、余った電気を売ることさえできるようになった。夫名義の預金通帳に、使った電気料金を差し引いても、日々タバコ一箱程度の売電料が振り込まれるようになった。もっとも夫はタバコも吸わない。

しかしこうした省エネ運動が果たして簡単に我が家とお国のためになるのか、私はずっと疑問を抱き続けていた。それが先日、プロの話を聞けたのである。

このままどれだけ個人の家庭に太陽光発電が普及するのか私にはわからないけれど、うまくいけば一つの電力会社でかなりの量をカバーできるという程度にはなるかもしれない、という。しかし一方で、この器械の寿命は二十年と言われている。すると今から二十年後に、いっせいにこの器械は使えなくなるわけだ。その時、太陽光に頼っていた部分を、どうやって再び別の発電方法に切り換えるのだろう。水力ダムも火力発電所もすぐにはできない。

もう一つの問題の方が私には大変なことのように思えた。それは廃棄された莫大な量の太陽光発電の装置を、廃棄物としてどこへ捨てるか、ということである。

私は非科学的頭の持ち主だから、すぐに「領土拡張」に使えばいい、と思った。シンガポールは国土拡張のための埋め立てに熱心な国だった。ほんとうに近隣国から土を買ってきて、埋め立てをしていたのだ。シンガポールは大東亜戦争の終わり頃、たった一つと言ってもいい丘を擁していた。マンダイ山と呼ばれていたちょっとした高地である。日本軍はその丘を攻撃の目標にした。しかしその丘も今はない。すべて切り崩して土を埋め立てに使ってしまったのだという。

日本は国土の八十パーセントが山だから、土はいくらでもある。だから豊富な土を持つありがたみを全く自覚していない。土のない国は土まで輸入する。隣国は輸出を禁止にする。すると土の密輸入人まで現れる。

私は恥ずかしいことに太陽光発電装置に使われているあの器械が何でできているのかもよく知らない。設置された翌日、業者さんに、あの表面の掃除はどうするのですか、と聞くと、傾斜があるので掃除はしなくてけっこうです、ということだったが、ほんとうはおかしな話だと思っている。表面の掃除をしなくて性能の保てる物質などないはずだ。

それで思い出したが、丸い大きな「ゴジラの卵」みたいな燃料タンクを載せたLNG船のタンクは、航海の途中、あまり廻り道をしなくて済むなら、前方の積乱雲の下にわざと入って行って、自然のスコールで洗ってもらうのだという。

今なお噴火し続けている小笠原諸島の西之島で、日本固有の領土がどんどん増え続けているというニュースを聞くのは何となく気持ちのいいことだから、今から計画的に二十年後の太陽光発電機はそれを材料に使って、どこからも文句を言われないような領土拡張に使えるといいと思うのである。

しかしどんなことも、実はそんなにうまくはいかないものだ、と私は自分の身近な生活の中で実感として世の中の不如意を感じ続けている。

この太陽光発電の話が世間で出た頃、私などは、空き地という空き地にすべて太陽光発電機を設置すればいいのに、というような単純なことを考えたものだ。しかし地球の営みは、どこかで人工的に無理をすると、必ず後がよくない。むやみやたらに太陽光発電機を置くと、そのために長い年月の間には付近の地温が下がって、農産物の生産量に変化が出ると考える人もいるという。

最近、地球温暖化を防ぐアマゾンの膨大な自然林に対する研究の結果の一部が、素人向きの記事になって英字新聞に出た。

それによると、アフリカのサハラ砂漠から運ばれる砂塵か砂嵐によって、アマゾンの豊かでない土地にまでリンがもたらされ、痩せた土地を潤しているのだという。

この研究結果は、NASA(アメリカ航空宇宙局)のサテライトなどが二〇〇七年から二〇一三年までの間に行った研究データを元にしている。リンは植物の生長、呼吸、エネルギー交換や蓄積に必要な元素なのである。

サハラ砂漠の砂嵐は、遠くインドやトルコまでも襲う。その間、視界はしばしば数メートルになるから、人間もトカゲと同じように、建物の中や岩影に身をひそめている他はない。砂嵐によって巻き上げられるサハラの砂は、一億八千二百万トン。それが約二千六百キロの大西洋を越えて、南米のアマゾン地区にまで届き、二千七百万トンも降り注ぐ。その中に、二万二千トンのリンが含まれているが、その量は毎年、アマゾン流域から洪水や雨によって失われるリンの量に匹敵するという。

どんな人間の計画も、これだけの緻密な計算と、大規模な造成はできない。私たち人間は、恥ずかしいほどの小細工をして、当面の危機を凌いだと感じているだけだが二十年後にどうなるか。私はどうせ見られないのだから気楽なところがあるが、どんな暮らしも自然も、哲学や神学に結びついている、とこの頃しきりに思う。

税金の払い戻し
——大輪の花を咲かせ、立派な実を育てる土地

三浦半島にある私の海の家の周囲は、国有地だ。つまり崖の上は一種の波打ち際と見なされ、ここを個人が所有することはできない。

そこは狭い崖の岩に辛うじてつかまっているような雑木林である。防風林にもなっているのだが、手入れをしないと下枝がすけすけになり、木は頭でっかちになってそのうちに崖から落ちるだろうと思われる。放っておくのが義務みたいだが、そうすると風通しが悪くなって虫も湧くので、時々うちで、木に絡まった葛に似た植物などを切り払う。

崖の一部は、昔から、一種のもの捨て場になっていた。カンやビンではない。近所の農家が、細かい落ち葉や植物の屑を捨てていたのである。ある時、家族がそこで少し変

わったものを見つけた。カラーの葉である。さっそく掘り取って、適当な日陰に植えた。するとその年、今までにこんなにも大きく見事な花は見たこともないと思われるほどのカラーの花が咲いた。長年、自然の肥料の中で眠っていた球根が、うんと太っていたのだろう。

国有地には、野蕗も生える。毎年十二月の末に探しに行くと、もう蕗の薹が生えていて、私は大喜びで香りのいい蕗味噌を作る。だから蕗は放置して繁茂させている。時々こっそり肥料をやる。植物にはすべて、後でお礼の肥料をやるのは、常識なのだ。

或る年は、国有地にカボチャの蔓が伸び出し、立派な実をつけた。誰かが、カボチャの芯のところをごみ捨て場に捨てたのだろうが、その種が生えたのだ。私は嬉しくてたまらない。国有地で採ったカボチャだと思うと、税金の払い戻しだという感じでおいしさが増す。

湘南は、とにかく何でもよく育てる寛大な土地なのだ。

花火の祝福

――片時の美と幸福の贈り物

普通別荘というと、一年に二週間くらいしか使わない人もいるらしいが、私は海の傍に家を作ってからは、始終そこで暮らしていた。知人が私が作るご飯を食べに来ることはあるが、東京の家にいるのと同じ生活だった。原稿を書き、料理をする。魚は土地の魚市場で買うが、新鮮で実においしい。それに我が家の庭で採れた野菜が加わるので、私の腕が少々悪くても、多分おかずは悪くないはずだ。

作家というのは肉体労働者なのだが、村の人は遊んでいるものと思うらしく、一度農家の奥さんが数日間、家事の手伝いに来てくれた時、我が家の電話は鳴り、私は始終コンピューターに向かっていて、その忙しいのにびっくりしていた。海の傍で暮らすというと、皆昔映画にあった『甘い生活』のような暮らしをしていると思うらしいのである。

海の生活でも晴れの日がないわけではない。私の家の対岸にあるシーボニアという有名なヨットハーバーが、八月に花火をあげるので、私は兼ねてごぶさたをしていた人や、その夜だけ一年に一度私に会ってくださることに決めているらしい方たちを招くことにしている。あちらさまがおあげになる花火を、私たちはただで見せて頂くのだが、考えてみれば花火というものは心の広いもので、誰にでもわけへだてなく、見える限りの地上にいる者に片時の美と幸福を贈ってくれる。

もう来年は生きていないかもしれないし、お客さまも招けないかもしれないから、いつも今年が最後と思って私はその夜を迎える。ほんの十五分ほどだが、豪華な花火は私たちの庭の真上で花開き、私たちがこの世で出会ったことを祝福してくれる。私はこの海の見える庭で死にたいのだがそんな望みが叶うかどうか。

第四章　現世で二つ同時にいいことはない

動物としての人間
——思い上がることなく、分際をわきまえる

私が東京で住んでいる家は、その土地を買った母の趣味で、やや低いところにある。母は南傾斜で、北西に高くなっていた住宅地の裾に土地を買った。北西風を避けるためである。

一応賢い選択のようだが、私は東京の家では、日の出も、西日が沈むのも見たことがなかった。銀座からの帰り道に満月に感動した日に家で、「今日の月はきれいよ」と家族に言っても、普通の二階家なのに、その玲瓏《れいろう》たる月はどこからも見えない。何だか嘘をついているような気分だった。

しかし六十年ほど前から、三浦市にある海の傍の台地に始終行って住むようになると、

私は東京と違って、月や日の姿を、いつでも見られるようになった。月や日だけでなく、相模湾の彼方に見える富士山や箱根の連山、伊豆の山の稜線まで眺められた。これは何にもまして贅沢なことであった。

私は荒れ狂う海を見るのも好きだった。台地の上にいるのだから、高みの見物だと言われれば申し訳ないのだが、「海面全体に白兎が飛んでいる」ように見える荒れた波頭は感動的だった。

二〇一四年十二月半ばに日本各地に豪雪が降った日も、私は海の傍の家にいて、寒波の到来も予測できたので、まず畑で採れた大根を大鍋いっぱい薄揚げと煮た。上の青菜の部分は、昆布と浅漬けにした。主菜はカマスの干物を焼いたり豚カツを揚げたりして、雨戸の外にひょうひょうと口笛を吹くような風の音を聞き、ベッドの中で読書をした。そして翌朝は、恐る恐る雨戸を開けて、海のご機嫌を眺めた。

人間が不当に思い上がることなく、動物と同じに天気の顔色を見ながら暮らす。私はそういう生き方が、人間の分際を越えなくていいような気がするのである。

黄金の瞬間
――息をのむ夕陽の美しさ

三浦市にある私の家でも、季節はどうも普通より早目にやって来る。

毎年二月に、私の手作りの粗餐を食べにいらしてくださるお客様があるが、私は必ず蕗の薹を探しに庭に下りる。ない、ように見えてもある年が多いのだ。母に蕗の薹の料理など習ったことはないのだが、何となく自分流に蕗味噌を作る習慣がある。

私は東京育ちで、家の近所で精進揚げの材料を採ってくるなどという発想は全くなかった。しかし三浦市で時々暮らすようになって、家の周辺で草摘みをすることを覚えた。芹の辛子和えなどが最初だった。蕗もフェンスの近くに密集して生えていた。

次に欲を出して、タラの木を植えた。若芽を天ぷらにすると、実においしい。タラの木をどんどん増やして、今や我が家の春は、タラの芽だらけだ。枝を切ってちょっと土に差しておくだけでいくらでも芽が出る、とも教わったが、それはバタリー式の鳥小屋で、むりやりに鶏に生ませた卵みたいで、まだそこまで阿漕《あこぎ》な「生産」はしていない。

春は日が長くなって、夕食の時に天ぷらを揚げかけていると、落日になることが多い。誰かが「夕陽を見なさいよ！」と声をかけるので、私はその度に深刻に悩む。夕陽を取って天ぷら油の温度が一度下がってしまうのを納得するか。それとも夕陽を見るのを今日は諦めるか、である。

夕陽は輝く黄金の時間だ。海全体が金色に染まっている。こんなに豪華できらびやかでいいのか、とさえ思う日がある。死ぬ日がこんなにきれいだったらどんなにいいだろう、とも思う。さしていいこともしていないのに、西方浄土のお迎えが来たかと錯覚できるだろうから。

湘南の冬は喘息もち
――現世で二つ同時にいいことはない

湘南という土地が明らかに東京と違うところは、冬場は風との闘いがあることだ。いわゆる「にし」が吹くのである。

或る日、突然に、ひゅーという風の音が聞こえる。湘南は喘息もちなのだ。その荒い息遣いが二日くらい続くこともある偏西風の吹き始めだ。

私が今住んでいる家は、もう五十年以上も経つ古い家なので、大工さんが窓枠まで手で作った昔風の建築である。赤く塗ったドアも、その人の手作りだった。偏西風が吹き出すと、近所の畑から巻き上がる土埃が家中の窓やドアの隙間から入ってきた。朝と夕方と二度、家中の廊下の雑巾がけをした。

或る年から、窓枠をすべてアルミサッシに換え、玄関のドアも既製品にした。するとかなりエヤータイトになって日に二度の雑巾がけは不要になった。しかし外へ出ると、西風が肌を刺すのは変わらない。サンルームの中は天国だが誰も外へは出たくない。ただそういう日には富士山がよく見える。現世で二つ同時にいいことはないと思う。でもほんとうのことを言うと、私は富士山など見えなくても風が吹かない方がいい。

湘南を褒めてばかりいると、その生活がわからない。私は自然派だから、土埃も、この土地の静寂や陽射しの強さには換えられない、と思う。しかし夫は、完全な都会派だ。

昔は三本だての場末の映画館というのがあって、けっこう立ち見をしている人もいた。こういう映画館があるような町が夫は好きなのだ。映画館と同時にできるだけ大きな本屋もほしい。だから彼は今でも東京の方が好きだ。

東京なら、毎日、若者ばかりがはびこって私のような老人は毛嫌いする渋谷に出かけて、本屋を覗ける。それで同時に、かなりの運動にもなる。しかしこの海の傍の土地では、大根畑の中を歩くだけでは少しもおもしろくないので、あまり外へ出ない。だから運動不足になると言う。人の趣味はさまざまである。

国境を越えた花
——日本の風土を愛する異国の花

先日、南アフリカ共和国の女性大使が、三浦市にある私の別荘を訪ねてくださった。思いがけない機会にお会いして、東京だけが日本ではありません、と申し上げたのがきっかけで、日本の近郊の農村も見たいと言われる。あまり遠いところでは、お忙しい仕事をやりくりしてお出かけになるのもむずかしいだろう。その点、三浦市は東京にも近く、農村でもあり漁業の中心でもあるから、とご説明したら、漁業と農業の専門家でもある女性の参事官を伴って来てくださったのである。

私はただ遊びにおいで頂くのは申し訳ないから、我が家での昼食の他に、近くの農地を見て頂くことや、遠洋漁業基地の機能をご覧になることや、市のスーパーなども見学なさる計画を立てた。

大使が私の家の庭に入ってこられて一番喜ばれたのは、南アの国花であるプロテアの花の蕾がもうかなり大きくなっていたことだった。「ほんとうに日本にもプロテアが育つのですね」というわけだ。園芸には国境がない、とは言わない。自然環境で育たない花もあるが、植えてみれば、日本の風土を愛してくれる異国の花もけっこう多い。今年は直径二十センチは越す圧倒的に豪華な淡いピンクのキング・プロテアが八輪咲いた。低木なのだが、花を受け止める枝は鋸《のこぎり》で切らねばならないほど太い。

富士には月見草がよく似合う、のだそうだが、私の家ではキング・プロテアの花が、相模湾の彼方の富士を受け止める。南アに行った時、北半球にプロテアが育つはずなんかないわ、と言った向こうの婦人たちもいたが、大使に現実をご覧頂けて少し嬉しい。

難民の道に柿の木があれば
――寛大さという大きな徳

戦争中の子供時代に飢餓を体験した世代は、総じて食に敏感である。

私もまず土地を見ると、食べられるものを植えることを考える。イモ、カボチャ、野菜類で、こうしたものは、ほしい時マーケットで買ってくればいいじゃない、と思っている世代と比べると、どこか浅ましい。しかしそれが人間というものだ。

日本のマスコミ、ことに大新聞社は、戦後言論の自由のために闘ってきたどころか、常に長いものに巻かれて、言論の統制をし続けた。最近では、ヘイトスピーチのお先棒を担ぐのは大新聞である。個人の意見を道徳で縛るのである。

そういう時、私はいつでも書くことをやめて、自分で畑を作って生きていくことを考えていた。まさに戦後飢餓時代の子供の特徴である。木でも実のなるものを選ぶ。三浦市の私の家の庭にも、私は富有柿の苗を植えた。その時、授粉用の甘柿を近くに植えるといいと書いてあった。

富有柿は数年前に二、三個なったが、今年はこの授粉用の甘柿が二、三百個も採れた。私もこの柿を食べることは、全く期待していなかった。今時珍しい黒いゴマの出る小粒の柿で、食べた人は「今でもまだ昔の田舎になってたみたいな柿があるんですね」と笑っている。

湘南という土地は、寛大な土地だ。北国のでも南国のでも、植物を受け入れる。寛大ということは、人間の場合なら、大きな徳だ。

もし今、シリア難民がドイツを目指して歩き続ける道に、この鈴なりの実をつけた柿が一本あったら、食物もお菓子もろくにない人たちは群がって小さな甘い実を食べ、いっときの幸せを感じるだろう。

鉄火丼の作り方
——変化や困難に耐えられるよう、心を鍛える

昔、私のうちに「うちの奥さん」と私が呼んでいたお手伝いさんがいた。私より少し年上で美人で上品でお料理がうまくて、どうしてうちのような粗雑な家に来てくれたのか、その経緯は今もよくわからない。この人は二十四、五年もうちにいて、ずっと仕事に追われていた私の家で主導権を握る、名実共に「うちの奥さん」であった。

その人について忘れられない思い出がある。或る日、私は友達を昼御飯に呼んで、鉄火丼を出すことにした。三崎港に仲のいいお魚屋さんがいて、鉄火丼用のまぐろを送ってくださいと電話をかければ、確実に届けてくれるからであった。

「うちの奥さん」はご飯を炊いただけで魚の到着を待っていた。しかし午前十一時を過

ぎてもマグロは着かない。私は不安を覚え出し、何なら急遽、親子丼に変えようかとうろうろし出したが、彼女は「もうまいりますでしょう」と酢飯を作り始めてしまった。白いご飯にしておけば、五分で親子丼に切り換えられるのに、と私はいらいらしていた。

すると十一時半を少し過ぎた頃、マグロの宅配便は着いた。トロの柵は切ればすぐ丼ができる。

私は「うちの奥さん」の宅配便に対する信頼の強さに打ちのめされた。私は中年から、東南アジアやアフリカと関わり始めたので、もうこの頃には、ものが時間までに確実に届くということをあまり信じなくなっていた。多分着くだろうけれど、もしかすると着かないこともあるのが人生だという風に考えるようになっていたのだ。

今から五十年前のインドでは、郵便も着いたり着かなかったりだった。何という理由もなく着かない郵便もあるのだ。集配の局員がポストから本局の間に切手を盗む目的で手紙を取ってしまうこともある、と言う人もいた。だから郵便も着くとは限らない、と知ったのは既に二十四歳の時である。

列車やバスが時間通り来るなどと信じる人も世界には非常に少ない。ブラジルには自国を賢く笑い物にするピアーダと呼ばれる小話があるが、こんな粋な話もできているのである。

或る日、時間通りに駅に到着したブラジルの列車に感激した日本人が駅長に「いやあ、ブラジルの列車も最近は進歩したね。時間通りに来たじゃないか」と言うと、駅長はにこりともせず、「この列車は昨日来るはずの列車です」と言ったというピアーダもあるのだ。

私はそのような世界に馴れ、日本のような比類ない正確さと誠実さを当然とする心情からは、日々刻々遠ざかっていたのである。

こうした背景を長々と述べたのも、郵便事業株式会社が、二〇一〇年七月一日付をもってペリカン便を継承し、ゆうパックとしてサービスを開始しようとしたところ、数日間、発送便の円滑な配達ができなかったことが大ニュースになったからだ。郵便事業側の発表によれば、半日から二日程度の遅れが出たのである。七月五日の段階で配送予定五十五万個のうち、約六万個が配達されなかった。親会社の日本郵政に対しては徹底してアクイを持ち続けた記事を載せている産経新聞が、私にとっては貴重な資料なのでよく切り抜いているのだが、七月一日のゆうパック営業開始から六日までの遅配は累計三十四万個を超えたという。「五日の引き受け分で新たに約二万四千個の配達が遅れたもようだ」とも書いていた。

この問題は、私にはなかなか示唆的であった。何しろ日本の宅配便というのは、世界に冠たるもっとも先鋭的な事業なのだ。こんなに正確な配達システムを持つ国なんて世界になかなかないだろう。必ず魚が着くと信じて、酢飯を作って待っている国なんて、私は日本以外に聞いたことがない。

さまざまな国で、日本式宅配サービスをやれば、まず何だか理由なくものが消える。誰に聞いても肩をすくめて「知らないよ」「私の責任じゃない」と言うばかり。強盗に盗られる。途中で中身の一部が抜かれる。隣家に間違って届けると隣家が黙って使ってしまうような誤配。配達人が途中で品物をそっくり谷底に捨てる。全く違う地方になぜか一ヶ月も二ヶ月も品物がさまよう。問題の形はいくらでもあるが、とにかく日本のように「安全に必ず届く。時間に正確に届く。破損せずに届く」の三条件を満たす国など、そうそうあるものではない、ということを日本人はもっと明確に知る必要はあるだろう。

外国を理解するということは、こういうことをも認識することなのだから。

私に言わせれば、半日や二日遅れたって文句を言うなという感じである。中を抜かれずに届いただけ、大したものだ。生ものは弁償します、というだけで良心的だと言いそうになるのである。

日本は今、いろいろな国で宅配事業を手がけようとしているらしいが、進出した会社は、今後あらゆる困難に出会うだろう。

新幹線が三十秒遅れただけで、遅れを一回と計算するという話を外国人にすると、どうしてそういう正確さが必要なんだ、と笑う。人生は少しくらい狂って当たり前じゃないか。誕生日にプレゼントは届く方がいいに決まっているが、品物が当日に届かなくても、愛する人の心は届く。遅配で逆上するような人間の性格の方がむしろ困ったものだ。

我々はどんな変化や困難にも耐えるように、やや杜撰《ずさん》な環境を想定して心を鍛え続けていた方がいいというのが、私が世界の百二十数ヶ国から教えられた教訓だったのである。

と言うと、私が日本郵政の社外取締役として働いたこともあったので、会社を庇っていると言う人もいそうだが、私はそんなひいきをする気持ちは毛頭ない。

問題のすべてが近々収束すればいいのだが、このままずるずると「正確で早い」宅配が実現されないとなると「勤勉・正直・正確」を売り物にしのぎを削る日本独特の先端技術の一部の足を、ゆうパックが引き下げたと言われても仕方がない。この日本人の特技を崩すことは、日本の産業全般の根幹に予想外の大きな悪影響を及ぼすのである。反対にうまく収束すれば、この事件は利用者と会社と双方に実にいい教訓を与えたと言える。

ゆうパックは前体制の赤字体質から抜け出すためにお中元の貨物が増える時期を狙って急遽出発した。私はかつて新しく建設されたダムに、いつから湛水《たんすい》を開始するのか聞いたことがある。「夏の台風などで一挙に水量が増える時ですか?」と聞くと、多くは早春からだという。つまり山から雪解けの水がじわじわと流れ始める時期を見計らって湛水を始める。すると新しく生まれたダムに、いきなり大きな水圧の負担をかけることにならず、むしろしなやかで強靭な安定を与えるのだという。その手の地味な知恵と配慮が、多分ゆうパックスタートの時期決定に際して足りなかったのである。

盲導犬専用トイレ
——盲導犬には何もしないことが礼儀

先日、「世界日報」の紙面に、成田空港に盲導犬用の専用トイレが開設された、というニュースが出た。排泄用の使い捨てシートや汚物流し、手洗いなどの設備もしっかりできているという。

私が初めて盲導犬の存在を意識したのは、約四十年前、私が四十代の十年間に、文化放送のラジオ番組のキャスターを務めていた時のことだ。

これはカトリック教会の提供番組だったが、或る時、全盲の女性が出演した。スタジオに入ると犬の姿が見えなかったので、私はとっさに犬は玄関の外に繫がれているものだと解釈した。その時の私は、盲導犬を自転車とほぼ同様な存在として見ていた節がある。

犬はここにいます、と言われたが、全く姿は見えなかった。犬は長い掛け布を掛けたテーブルの下にすっぽりと入っていて、尻尾さえ見えなかったような気がする。

「録音の途中で声を立てません？」

と私は尋ねたのだが、それをいけないこととして訊いたのではない。私は録音というものが、不当に周囲の音と切り離されていて、神経質なまでに整えられた静寂の中で行われることを、いつも不自然だと感じていた。

音楽の世界でもっとも現世で贅沢をしたと思われるバイエルン国王ルートウィッヒ二世は、ワーグナーにオペラを書かせ、それを地底の湖まで作ってある自分専用の城中のオペラ劇場で演奏させたというが、その時のルートウィッヒ二世だってオペラの音だけを聴いていたのではあるまい。城の周囲では羊の放牧も行われている。猟師の犬も放たれているから、彼らが啼いたり吼えたりする声も当然響いてきただろう。

生活というものは、むしろそうした生き生きとした雑音によって綴られているもので、今の放送局の人工的な無音の録音室は、いわば死んだ音を湛えているだけだ、と私は思っていたのである。

だから、盲導犬の話をする時、録音中に犬の気配が聞こえる方が迫真性があるだろう。

それなのに、その日連れられて来た盲導犬は、録音中微かな雑音一つ立てなかった。

そして私はその日、私たち全国民が盲導犬に対する時に守るべき三つのことを教えられた。その三項目とは、次のようなものであった。
(一) 飼い主以外の者が、その名前を呼んだり、命令したりしない。
(二) こっそり餌を与えることをしない。
(三) 触らない。
「なんだ、簡単なことじゃないか」と、その時私は思った。世の中で、あれをしろ、これをしなければならない、と言われると、覚えられないこともある。しかし盲導犬に対しては、つまり何もしないことが誠実であり、礼儀であり、ルールなのだ。犬を無視すればいいだけなら、私にもできる。

これらの条項を整理して考えると、すべて盲導犬に対する命令系統を乱さないための配慮である。自分を養ってくれる人も、命令する人も、たった一人飼い主の盲人だけだ、と単純化して教え込まなければならないからである。

その日の出演者が語った内容で印象的だったのは、犬は言葉に出さなくても、飼い主の心を察するという。飼い主が、今日はおかずを買いにマーケットに寄らねばならないなあ、と考えていると、黙っていても犬はそのために普段とは違う反対側の歩道に渡る、というのである。

それから数十年経って、私は盲導犬と一緒に外国へ行く体験をした。私は五十歳の時に、非常にむずかしい眼の手術を受けて成功し、自分でも信じられないほどの視力を得たので、その感謝の気持ちを表すために、盲人と一緒に聖書の勉強と遊びを兼ねて、イスラエルやイタリアを旅行することを計画した。

当時、まだ盲人が外国旅行をすることは、あまり世間的に広まってはいなかった。一つには付き添いがないと無理、ということもあり、二つ目の理由としては、眼の見えない人が外国に行っても、おもしろくないか、無駄だろうという判断もあったのかもしれない。しかし私はそう考えなかった。手術前、自分が盲人に近い暮らしをした時期が約一年くらいはあったし、生まれつきの強度の近視で、眼鏡による矯正視力もあまり出ない弱視者の生活をしていたから、視力のない人の暮らしも価値観もよくわかっていた。一般的に視覚障害者は、勘がいい。だから少し同行者が手伝えば、健常者と同じ旅を楽しむことができる。眼に見えるものは、描写ということに馴れた私が説明で補う。後は同行者と普通の友達の関係を楽しめばいい。

この計画では、健常者と盲人とが全く同じ金額を払い、見える人がお風呂や食事の世話をする、というものだったが、これが非常にうまくいった。私たちは盲人を安全に同行するという共通の目的を持っていたので、そこに強い連帯感が生まれ、争いごとも不平も起きる余地がなかったのである。

何度目かの旅に、盲導犬が同行することになった。飼い主の女性は、飛行機に入る前に、成田の空港の建物の前を散歩し、そこでオシッコをさせたようだった。

飛行機の中では、このかなり体の大きいラブラドール・レトリバーは前列の座席の下に頭を、自分の席の下に尻尾を入れて寝ていたので、通路を通る人が上から見ても、少し汚れた床にレインコートが落ちているとしか見えなかった。イタリアまで十二時間近くの飛行の間、この犬は食べも飲みもせず、立ち上がりもしなかった。ローマに着いて、私たちが降りる支度を始めると、他の乗客の間に、小声の驚きが漏れた。

「うわ、犬がいたんだ」

私はこんな辛抱のいい動物がいるということが信じられなかった。犬は「あと何時間ですか」とも聞かない。食事や映画で時間をつぶすこともしない。

私は旅の初めに、同行者に盲導犬に対する注意をしたのだが、それでも飼い主によると、旅行中に犬は太った。誰かが密かに餌をやっていたのである。またどうしても毎朝名前を呼んだり、撫でたりする癖の脱けない人もいた。

外国の町では、盲導犬はあまり役に立たない。新しい目標を覚えるには少し時間がかかりそうで、毎日変化する場所の認識には有効でなさそうだった。それでも飼い主はいつも一緒の相棒がいるから心が休まるのだろう。

どうして日本は小学校の教科書で盲導犬に対する基本的な振る舞い方を教えないのだろう、と私は不思議に思った。こんなことは文科省の怠慢だ。この凄まじいまでに忍耐強い生活がストレスになって、一般的に長寿は望めない、という盲導犬のために、せめて出発前のトイレの設備ができたのは、ほんとうに嬉しい。

成り代わる人たち
――便利さのかげに拡がる混乱

私は学問的頭はないが、時々勘は鋭いのかな、と思うことはある。つまり動物的なのである。取材先でどの人が今後理解力の悪い私に、気長に教えてくれるかというようなことは(作家はすべてそうだと思うが)、十分以内にわかるのである。

それが私の本能か直感というものだろう。理由は説明できないことが多いが、制度の整った社会で組織の中で働く人ほど、この本能が退化しているような気がする。

最近、人々がよく言うのは、プライバシーは守られねばならない、ということである。だから、国民全部に番号をふる制度に対して私は大賛成だが、昔も今も反対している人がいる。

何を隠さねばならないのか。私の戸籍は登記済み。収入はあらゆる出版社から、自動的に申告されているから、税務署はすべて把握している。健康保険を使えば、私が過去にどんな病気や怪我をしたかも記録されている。私は不動産を持っているが、持っているということは、私が財産を相続したか、「出所のわかっているお金」で合法的に買ったということである。

国家に知られたことが、たやすく人に知られるのは、普通の場合は裸を見られるようで、あまり心穏やかなことではないから、それはしない方がいいけれど、プライバシーを守るとなったら、同じクラスにいる他の子供たちの住所も電話番号も教えられていない現代は異常だ。子供の帰りがちょっと遅くなって、親が心配になり、親しい子に電話をかけたり、訪ねて行って聞くこともできないわけだから、安全は少しも守られない。

それほどに自分のことを人に知られてはいけないのが社会常識だというのに、こちらからわざわざ自分をご披露する「フェイスブック」には何の抵抗も感じない現象は、矛盾だらけである。

一時子供のランドセルにつける名札が電車の中でも目立った時代があったが、それが最近はなくなった。誘拐の恐れがあるからだという。それなのに、「フェイスブック」には写真から親戚まで、聞かれないうちに載せる。本名を名乗る約束はあるらしいが、「偽名の人もかなりいますね」と知人の青年は言っている。

私には、実におもしろい友人がたくさんいるが、そういう人たちと何年も何十年も続いているのは、ほとんどの場合、それらの人たちを私が知人だと言わないからである。しかも私は、その人たちを仕事に利用しない。一緒にご飯を食べましょう、ということには熱心なのだが、ビジネスはしないのである。

誰それと「親しいか」と聞かれたら、私の答えはいつも同じだ。「ご挨拶したことはありますが、親しくはありません」。親しいか親しくないかは、相手の心も忖度《そんたく》しなければならないのだから、私が一方的に親しいなどと言ってはならない、というのが私の考えである。

もしプライバシーを守らなければならないのなら、「フェイスブック」も危険なものだ。

人は自分がどちらの心理のタイプなのか決めた方がいいだろう。できるだけ多くの人に知られたい性格なのか、それとも静かに、と言えば体裁がいいけれど、どちらかと言うと物事を隠れてコソコソやりたいのか、決める必要がある。

私は後者である。昔からよく知らない人のいるパーティーに行くのが嫌いだった。親しい人だけを年に一度くらい招くことはあるが、私が招くのだから知人ばかりである。隠れてコソゴソやるのが好きなタイプの人間だけが、プライバシーが守られることを要求する資格があるのではないか。

どちらかにしてもらわないと困る。プライバシーは守れといい、一方で「フェイスブック」に自分を載せる。私にはその心理が全くわからない。

私はパソコンで原稿を書く作家なのだが、機械が持っている機能をほとんど使っていない。パソコンは、昔学生時代にいじることになった英文タイプと原理は全く同じだから、いち早く利用できたのである。しかし他の機能は、才能がないので使ったことがない。かわいそうな私のパソコンは、ただの印字機械と化している。

つまり私はどちらかというと、ヒミツに生きるのが趣味で、書く時だけ、その機能を一部剝ぎ取っている。機能はすべて使えた方がいいという考え方もあるが、人間の持ち時間は機械の機能の多様化に順応して増えることはない。それにもうすぐ死んでしまう人間など、どんなに新しい機械が使いこなせなくても大した損害はないのである。

私はホームページも開いていない。ブログもツイッターも、説明されはしたが、こまめにそういう機能と付き合っていると、本職の文章を書く時間がなくなるのでいじったことがない。だから、私がネット世界に関わっているように見えるものがあるとしたら、それはすべて私でない誰かニセモノがやっているのである。私が責任を取れるのは、私が活字の形で発表した文章だけだ。

先日家で、知人から、「自分のブログにあなたの名前でコメントが書き込んであった。ほんとうにあなたからですか?」という問い合わせの電話をもらった。

多分その方は勘のいい方だから、私はどうもそんなことをしそうにない性格だと嗅ぎつけたのであろう。

しかしこれは明らかに詐欺である。小説家は小なる説を唱える人であって、大説家ではないのだが、それだけに、自分の文章にたった一字他人が書き加えただけでも、ご飯の中に混じったジャリのようにわかる時がある。だからやはり他人の文章、他人の意見が私の名前で載せられることは、本職の立場を侵す詐欺行為と言っていいだろう。

ネット世界に才能のある人たちは、このような危険を初めからわかっていたのだろうか。私は勘で恐れただけだが、ネットの機能に精通している人なら、便利さのかげに、歯止めの効かない波及が拡がる「混乱」が起きて、それが時には大きな犯罪に繋がり、思想的には無責任に社会を動かすことさえできる、ということを予想しなかったわけはないだろう。

少なくとも、文章に「版権」のようなものを持って仕事をしている人間が、第三者に自分の名前で全く覚えのないことを書かれて、「どうぞご自由に」と言うわけにはいかない。その明らかな犯罪の予防を、今後社会はどうする気なのだろう。

私のようにネットは一切いじらない、と公言している人間は、まだニセモノを排除できる可能性がある。しかしネットを使いこなしている人が、詐欺師に正反対の意見や思想をばらまかれたり、名前を使われたりしたら困るだろう。今からその対策を立てた方がいいと思う時もあるが、ネット音痴の人間には意見を述べる資格がない。

花嫁花婿は十三歳
――人間理解に違和感を覚えることが平和の源

ほんとうに新聞というものは一日読んでいても飽きない。それなのに最近は新聞を取らない人がいるというので私は驚いている。テレビの画面のような機械の前で、その日のニュースを見ていて、思索的な人間ができるわけがない。なぜなら人間は牛と同じで、取り入れた知識をゆっくり反芻しなければ、血肉にはならないだろうと思われるからである。

私が、時々自分が読んだおもしろい話について書くのは、その元になっている作品を思い出すからである。一八〇〇年代の終わりに、フランスの作家エドモン・ロスタンが書いた代表作に『シラノ・ド・ベルジュラック』という戯曲がある。シラノは十七世紀に実在した人物で、剣術使い、決闘好き、「親衛隊に入っても活躍するが、戦傷を負い文筆活動に転進」した。ロスタンは、彼を巨大な鼻の持ち主で醜男だと書いたので、私などはその通りだと信じ込んでいるが、それは創作らしい。

シラノは、密かに愛している従妹ロクサーヌが修道院に入って、外界と断絶して生きているので、彼女のために毎週修道院を訪ねて、その週にあったことを物語る。そして最後には、自分が瀕死の重傷を受けていることを告げた直後に倒れる、というすばらしくロマンチックな恋と死を完成するのである。

愛する人に、手短に「物語をする」というのははすばらしいことだ。それで私も、忙しい読者に代わって私の読んだ驚くべきお話をお伝えしようと思ってしまう。私がシラノ、読者がロクサーヌである。

一九八二年、タイの田舎から突然一人の婦人が姿を消した。南タイのナラシワット州に住んでいたジャエヤエナ・ベウラヘンさんは当時五十歳をちょっと過ぎたばかり。いつも行っているように、気楽に国境を越えてマレーシア領に買い物に出かけたのだが、そのまま消息不明になったのである。

それから二十五年、ジャエヤエナさんは突然思いもかけない土地で見つかった。彼女は誘拐されたのでも、家出をしたのでもなかった。彼女は買い物の帰りに、単に間違ってバンコック行きのバスに乗り込んでしまったのである。

彼女はタイ語を喋ることも読むこともできなかった。彼女自身がもしマレー語ができたら、誰かに道を聞くこともできたかもしれない。しかし彼女はマレーシアではヤウィと呼ばれる方言を話すだけであった。そしてバンコックで彼女は再び間違ったバスに乗り込み、さらに七百キロ北のチェンマイに連れて行かれてしまったのである。

そこで彼女は五年間乞食をして過ごした。一九八七年からは、北部タイのピサンヌロ－ク州にあるホームレスの施設に送られ「モン小母さん」と呼ばれて暮らした。彼女の話す言葉が、北タイに分布するモン族の言葉と似ていたからである。そこで二〇〇七年二月初めまで、彼女は誰一人自分の言葉を理解してくれる人もなく暮らした。しかしついに、ホームレスのリサーチをする学生の一団とめぐり会った。その時彼女はいつも施設で歌っていた歌の一つを歓迎の印に歌った。それまで施設の職員たちは誰一人としてその歌詞を理解していなかった。ところが学生のうちの三人がそれはヤウィ語だとわかり、彼らが彼女の過去を聞き出したのである。

通報を受けた家族は、長女と一番年下の息子を送ってきた。まさに奇蹟の再会であった。

同じ北タイの町、チェンマイでは二〇〇六年十二月に、一人のスイス人が身から出た錆とはいえ、とんだ災難に巻き込まれていた。オリバー・ジュファー五十七歳。酒癖が悪い男であった。酔ったあげくにタイ中の至るところに掲げられている国王の肖像にスプレイを吹きつけたのである。この国王に対する「不敬罪」は、日本人が考えられないほど重かった。この男は五枚の肖像写真を汚したのか、五回の不敬罪で起訴され、もし有罪とされれば一回につき十五年の刑の五回分、計七十五年の有罪判決を受けるのである。

彼の犯罪は運が悪い時に行われたと言う人もいる。その年は王の即位六十周年目に当たった。前年九月の軍によるクーデターは、明らかに王の後押しで行われた。王の肖像写真は、それこそタイのあらゆる場所に掲げられており、タイ人は毎週月曜日には、王への尊敬を表すために黄色いシャツを着ているという。

ジュファーの写真は、これまた日本人が驚くようなものだ。被疑者の写真は出さない、などというのが全世界の良識・常識ではないから、シャツに短パン、サンダルをはいた両足を鎖で繋がれている彼の写真がマスコミに公開された。

マレーシアの東トレンガヌ州で、二〇〇七年三月初めに行われた集団結婚式で十三歳の夫婦が誕生した。二人は不倫でもなく、「できちゃった婚」でもない。オラン・アスリ族の定住地の中で、隣近所に暮らしているスクリ・アリとマリアム・ディンであった。一ヶ月の交際の後、長老の勧めに従ってイスラム法に基づいて結婚を許されたという。二人はケンイール・ダムというところに狩猟のために出かけた時に一目惚れし、両親も特にこの結婚に反対を唱えなかった。

花婿は青いシャツに白と青の格子のサロンにイスラム教徒のかぶる帽子、花嫁も青地に花模様の長着に白いスカーフを巻いたイスラム女性の姿で、祝宴のテーブルにはバナナやお菓子などが並べられ、笑顔の花嫁が花婿にお茶を注いでいる。マレーシアでは結婚は法的に二十一歳から許されるが、十八歳以下でも親の同意があれば結婚できる。さらにオラン・アスリの社会では、男の子でも女の子でも「成熟期」に達した男女は、結婚を認められるのである。

　こんな「物語」を私が紹介する目的はたった一つである。世界にはかくも変わった人たちがいるということだ。理解できない言葉を喋るお婆さんがいれば、この人は何語を話しているのかを探り出して、どこからどうしてここへ来たか調べるのが日本の社会だ。しかし全く言葉の通じない人が一つの国に住むのが、それほど異常とは思われない国も多いということを忘れてはいけない。

　日本では、国家元首の写真を飾るように強制したら大騒ぎになるし、皇室の悪口を言っても、不敬罪どころかそれが進歩的な態度だと思うような人たちもいる。しかしそんな自由がどこにでもあるというような甘いことを信じていると、七十五年も刑務所にぶち込まれる可能性のある国家も、歴然としてあるのだ。結婚に関しても、国家の法律より部族の掟の方が優先する。これも珍しいことではない。

　納得しなくてもいいが、これほどに変わった人たちがいると理解することは必要だろう。そのような人間理解に違和感を覚えることが平和の源であり、刑務所にぶち込まれない秘訣でもあるのだ。

第五章　人は失敗を承知でも生きる

新幹線と私
――人生を考え、哲学する贅沢

新幹線どころか、まだ金沢までは夜行寝台を利用するのが普通だった時代からの懐かしい思い出がなければ、新幹線時代の喜びも深くならないものかもしれない。

若い時から私は、よく出版関係の企画の講演会に出るために、他の作家や漫画家の先生方と旅行した。金沢行きの寝台車の夜明けは富山である。まだ乗客のほとんどは眠っているから、車内は森閑《しんかん》としている。

そんな時、漫画家の某先生の自然児のような声が、寝台の中から随行の編集者を呼ぶ。

「おーい、○○君。あんころとビール、買ってきてくれや」

当時は停車時間も長かったのだ。食べ物の好みは自由、と言うが、変な取り合わせだ、と私は内心思いながら聞いている。

しかしそれにしても当時、富山も金沢もけっこう遠かった。それが日帰りで遊びに行ける新幹線時代を迎えるという。長生きすると信じられないようないいことに出会える。

新幹線という乗り物を、私は大好きだ。これは私の仮の書斎である。短い仮眠もとれるし、読書もできる。本の校正刷りに眼を通すにはうってつけ。ライティング・ボードと原稿用紙を持参して乗車時間が三時間あれば、新聞小説二日分は楽に書ける。私はパソコンで書く作家なのだが、最近の軽い機械でも手に持つのがいやで、出先には持って歩かない。

時にはコーヒーや、たまにはビールを飲みながら、景色も見られる。風景を見るということは、私の場合現在の日本の先端的生活に触れるということでもあり、人生を考える機会でもある。哲学をするということは、甘い贅沢だ。そして目的地においしい食べ物や長い年月を経た文化を濃密に保有する歴史的な町が待っていてくれれば、それで旅の醍醐味はすべて味わえる、というものだ。

私は北陸出身の母の娘だったので、(魚の下ろし方は今でも下手だけれど)魚料理だけはうまくなった。私の煮魚を食べに、友達がよく来てくれる。煮つけの味は、京橋八丁堀出身の父の好きな濃い味だ。今では味の薄い関西風が王座のように幅を利かせる東京で、私のようにこってりと煮る料理人は少なくなったから、私にやや存在価値が出てきている。

人生では変化と違いを確認することが楽しい。新幹線が簡単に北陸旅行を叶えてくれる時代になったことだけでも、日本文化が歴史始まって以来の頂点に達したのがわかる。

初冬の萩の町
——人は失敗を承知でも生きる

山口県に一晩泊まりで出かけた。丘の起伏の多い土地で、海も瀬戸内海と日本海と、両方に面している。従って魚のおいしさは他の地方と比べられないだろう、と想像した。気候も東京とは大変違う。山口宇部空港に着いたら、空港の建物の外に寒気が忍び寄っていた。風も冷たい。つい三時間ほど前に東京の自宅を発つ時には、薄いオーバーを羽織ってこようとしたのだが、暑くて着られなかった。それが宇部に着くなり、やはり着てくればよかったと悔やむほどに気温の変化が激しい。

しかし最近の私は、改めて暑さ寒さにもやや強くなっていた。それとも年を取って鈍感になったのか。昔、私は三十五度二分しか体温がなくて、寒さにもひどく弱かった。

平熱が低いのだから外界の寒さを感じなさそうなものだが、実はそうではなかった。夜は足を温めるものがなければ眠れなかったし、冷えた足はいつまで経っても温まらなかった。

私は私なりにどうにかして体温を上げようとしたのである。朝風呂、朝酒、家庭用のサウナ、マッサージ……小原庄助さんも怠け者どころか苦労したんだな、と同情した。しかし体温は上がらなかった。

私はいわゆるスポーツは退屈でやれない。ジム通いも続かない。精神的に貧乏性で、何か働いていれば落ち着くのだが、スポーツなどという遊蕩的なことには拒否的だったのである。

それが十年以上淋巴《リンパ》マッサージというものを続けて体中のしこりをほどいたら、体温も三十六度台の半ばまで上がった。熱が出るのは、いいことなのだ、とそのマッサージ師は言う。民間の我々が言うことだから当てにはならないのだが、「先日、陛下が三十九度もお熱をお出しになったのはお若い証拠だし、お体にはよかったのよ」というのがそのマッサージ師の感想で、私が時々微熱を出しても喜んでくれる。もっとも科学的かと思って聞いていると、「そういうことでもないと、休まないからね」とちょっと嫌味を付け加える。この言葉も、天皇陛下のお立場に当てはまるだろう。

県下で一仕事して、その晩泊まるのは萩であった。

「萩というのは、街中に人が歩いていないんです」

と教えてくれたのは、萩出身の人だから多分ほんとうなのである。私が泊まったビジネスホテルはＪＲ東萩の駅前にあり、カラオケ屋が目立つくらいで、ほんとうに人気《ひとけ》がない。お土産物屋に立ち寄る人影もない。

この静かな町は、日本で暮らす基本的な幸福の条件をすべて備えているように見える。生活に必要な設備と機能は揃っている。観光客向けには、日本で有数に豊富な種類を揃えた魚市場も、萩焼という個性的な陶器を売る店もある。それでも人口は減り続けているのだという。

市の近辺に産業がないから、十八歳で就職する人たちは、外へ出て行く他はない。高校はあるが大きな大学はないから、そこでも多数の進学する若者が町を出て行って、帰ってくるのはそのうちの一、二割だという。

先日来日した若いブータン国王の姿を見た多くの日本人は、ジャーナリストまでが、しきりにブータン国民の実感的幸福度が高いことを挙げて、羨ましい国だという記事を書いていたが、私はあれを信じない。あの若い王妃さまは、もしかすると日本を去るに当たって、「もっといたい」と感じておられたかもしれない。

ブータン人の幸福感は、他の生活を知らないところにもあると思う。私はブータンには住めない。日本の便利さ、食べ物のおいしさ、豊富で上質な品物、知的な人間が溢れていること、の贅沢を捨てる気にはならない。他人の暮らしと自分の生活をすぐ比べてみたり、その格差を嫉妬したりしさえしなければ、日本ほど桁違いに豊かで安全で便利で、しかも個性豊かな人たちが住む国は世界中にそうそうあるわけではない。

萩は吉田松陰の町である。「身はたとひ武蔵の野辺に朽ぬとも留置まし大和魂」と詠んで日本人の精神の基礎を示し、わずか三十歳で処刑された松陰の呼吸が、町の隅々にまで流れているのを感じる。

私は松陰の研究もしたことがないので深読みもできないのだが、私が松陰からもっとも多く学ぶのは、彼が現世において不運な人だったという事実だ。現代の成功者の条件の一つは、才能やカリスマ性もさることながら、その人が幸運児であるということが挙げられているように思う。しかし思想家・松陰は、ここぞという時に、多くの場合逆風に吹かれたのである。私たちの多数はそんなに幸運なことばかりこの身に起きるわけではないから、不遇の中でもどれだけの仕事をして死ねたかということが大きな関心になる。その点が私に松陰を身近に思わせる。

松陰は「至誠にして動かざる者は未だこれ有らざるなり」と言い、「一誠、一人を感ぜしむ」と信じて死んでいった。

萩の風の中で、私は幸運にも荷物に紛れ込んでいたマフラーを首に巻きつけて寒風を防ぎながら、もし松陰が生きていたら、私は彼をアフリカに「お連れしたかった」と思った。アフリカでは「至誠にして動かざる者は未だこれ有らざるなり」などということは、簡単には見えてこない。彼らの多くは「動かざる者」で、自分の欲望、目的、利益を強力に主張する。それを叶えてくれない人は、多くの場合、無縁の人なのだ。

もちろん「一誠、一人を感ぜしむ」という例が皆無ではない。相手のためを思っている日本人の心に充分に応えたアフリカの若者がいたことを、私は何度か聞いた。しかしそれはまれに見る秀才か、外国で教育を受けてきた青年の、特殊な反応だ。

「松陰は、行動の基準を現実の成否や目前の結果にではなく、一つの行動が一人から十人、十人から百人、百人から千人というように、波紋を拡大してゆく、その長い長い時間の流れの果てに求めている」というのが『思想家としての吉田松陰』の筆者・松本三之介氏の言葉である。こういう幸せな結果もあろう。しかし私の見た多くの人生では、長い時間の末にでも果実を見られるような幸運はめったになかった。多くの人の善意も努力も、報われぬままに消えていった。しかしだからと言って、その人の生涯や意図や行動が、現世において全く無駄だったわけではない。

人は眼に見えぬもののためにも生きる。失敗を承知でも生きる。誰一人にも理解されなくても思想を貫くこともある。松陰が三十歳ではなくもっと長く、八十、九十まで生きていてくれたら、時代も変わり、世界の情報ももっと多く流入し、人ももっと複雑になり、その影響を受けて彼はどれほどの見事な人格になっただろうか、と思いながら私は萩の町を歩いていた。

切り取られた空間、クルーズ

——豪華客船に住む老人たちの役目

私は物書きとして、人並みに偏見のある方だから、ごく若い時は別として、中年以後は、遊びで豪華客船の船旅《クルーズ》などしたことがなかった。こうした旅行を嫌った理由として考えられるのは、私が仕事の立場を利用して、取材という旅に馴れてしまったからである。取材は常に不便と、時には危険も伴ったが、その分だけ豪華な人生の手応えがあった。

今回、アメリカに住む大学時代の同級生が、もう私たちの年を考えると、あまり喋る時間もないかもしれないから、と誘ってくれて私はクルーズに出かける気になったのである。もっとも私的な事情を述べると、私は二月上旬にヘルペスに罹って、しかも順調な回復をしているとは言いがたい状態だった。しかし私の主治医や知人の医師たちは、旅の行き先がインドシナ半島からシンガポールまでの熱帯だと聞くと、こぞって行ってきた方がいいと言ってくれた。暖かい土地の方が私の体にも病気にも向いているはずだと言うのである。

それに私は最近、体にいいことだけをしないことにしている。敢えて寿命を縮めるような不養生もしないが、別に長生きしようとは思っていないからだし、痛みを伴う病気には、しなければならない仕事をするとか、外出や旅行を強行した方がいいこともわかっているからだ。

私が船旅を避けていたのは、一つには私の中に遊びの気分がほとんどないからであった。私は六十年間働いてきて、働くことが好きだった。小説を書くことだけではない。家事も、庭仕事も、料理もすべてがおもしろい。他人がお膳立てした「心地よい状況」などを楽しむような心境には全く馴れていなかった。

その船は「クリスタル・セレニティ号」といい、六万八千トン。全長二百五十メートル、十三階建ての豪華客船である。私はベトナムのホーチミン市からシンガポールまで、約八日間の旅を選んだのだが、初めてその船を畑の向こうに見た時は「ビルが見えた」と思ったものだ。

船の中には、日本人客の面倒を専門に見る女性がいたので、私はその人を通じて、船内の事情を少し詳しく教えてもらった。

その区間のクルーズに乗っていた船客は七百二十一人で、男女の比率はほぼ半々と言ってよい。多いのはアメリカ人の四百五十七人で、次に多いのがカナダ人の五十九人、英連邦が五十四人、日本人は二十八人である。他にブラジル人が三十一人、オーストラリア人十八人などがいるが、中国人は二人、香港人が四人で意外と少ない。

客に対して、乗組員は六百三十六人。甲板部とホテル部に分かれ、船を動かす甲板部が五十五人、残りがすべてホテル部である。

甲板部にもおもしろい棲み分けがある。船長はノルウェイ人だが、他の甲板部士官は主にクロアチア人。機関部も機関長はイタリア人だが、他の士官にはクロアチア人やブルガリア人など、東欧人が多い。油差し《オイラー》と呼ばれる機関部は、ほとんど全員と言っていいほど、フィリピン人である。

目立つのは、保安部が全員インド人であることだった。そう言えばシンガポールでも銀行や宝石店の警備員は、ほとんどがシーク教徒のインド人であった。食堂は給仕人を除くと、ホテル部の全員がフィリピン人である。彼らは祖国においた貧しい家族のために出稼ぎをしているのである。

私は自分が最高年齢者ではないかと思っていたが、聞いてみると、最年長の乗客は九十九歳の女性であった。この人に限らず、多くの高齢者が船に住んでいるような暮らしである。全財産を売って、全航海に乗っている人もいて、そういう人たちは、船がどこに着こうが、観光のための上陸などしない。外界に興味はないのである。「船が定期検査に入る時はどうするのですか？」と聞くと、船の方で陸上のホテルを紹介するか、姉妹船のクルーズに乗り換えている。「それならば、陸上のホテルにいらっしゃればいいのに」と言いかけたが、船は毎日動いて、毎日違った自然の壮麗さを見せる。

朝一番の日の出を見る早起き人間のために、十二階の船尾のデッキには、まだ暗い五時から香ばしいコーヒーが出る。やがて朝日が日々新しい顔で昇る。本格的な朝食が揃うのは六時半からだ。

私は初め、上陸もしない人の気持ちがわからなかったが、次第に船に閉じ込もる気分もわかるようになった。ほんの五、六時間、その国の土を踏んだところで、その土地がわかるわけはないのである。バスの外では、子供がお金をくれとねだり、評判のはずの浜辺のリゾートは、いっこうに整備されておらず、海は濁り、買いたいようなお土産を売る店もない。そもそも途上国に楽しいツアーのできるインフラなど整備されていなくて普通なのである。そこでリピーターと言われる客は船内で好きなことをする。本を読む人と、夜のダンスに打ち込む人と、私のようにさっさと寝てしまう早寝型がいる。

もちろんその他に、映画も、手芸教室もある。ピアノの生演奏も、ジャズのバンドも入る。一人で乗ってくる女性客のために、プロの男性の踊り手も乗っているから、九十九歳の女性は毎晩ダンスをしている。

ロスアンゼルス発、アフリカの喜望峰を廻ってロンドンまで行く九十日間のフル・ワールドツアーだと、一番普通の部屋で一人約四百万円である。もっともその間、食費もチップも原則としていらない。ごく普通の程度のワインやビールは無料だし、洗濯は洗濯室で自分ですればいい。

ヨーロッパ風の食事のできる食堂はいくつかあるが、どれも非常においしいからだろうか、太った人が多いのが目立つ。私たちの部屋は、プロムナード・デッキと呼ばれる幅六メートルはあるデッキに面している階だが、そこを常時、数人の人が修行のように歩いている。デッキにはすばらしい木の床材がはってあるので、海風にさらされながらそこを歩くのは実に快いのだが、これほど太るのがいやなら食べなければいいのに、というのが、私の率直な感慨だった。

今回初めて、私はここを家として住む老人たちの果たす役目を理解できた。彼らの多くは、夫が財産を残して亡くなった未亡人か、大会社の資産株を持つ富裕階級だという。その人たちが一日約四万円ないしはそれ以上の金を使うことによって、多くの中進国や途上国から働きに来ている船員の家族を現実として養っているわけだ。

途上国の援助の方法は貧しい国に学校や病院を建てることだけではない。こういうところでお金を使うこともあるのだとわかって、視野が広まった感じである。

貧乏人のカレー

――農作業は、人を謙虚にさせる

生まれて初めて仕事以外で豪華客船の旅をしたことは既に書いたが、私は下船したシンガポールでできたら一ヶ所だけ買い物に行きたかった場所があった。中国料理の食材を売る店である。そこで日本にはないような春雨などの乾物をいろいろと買ったのだが、その中には私がいつも補充する定番の食材として緑豆を挽き割りにしたものもあった。

この豆は直径五ミリほどの小さい豆で、皮を剝いで半分にして干されたものを、スプリット・ビーンズ（挽き割り豆）として売っている。今まで私は、この豆をお汁粉にしてココナッツミルクを少し添えてデザートにしていた。シンガポールによく行っていた時代に覚えた東南アジア風のローカルなお汁粉なのである。ココナッツミルクは、最近では日本でも小さな缶詰や箱詰めで、マーケットで売っているから便利になった。

この豆のよさは、まず安いこと。前の晩から水に漬けるなどという心遣いをしなくても、私のように突如として思いついた時に煮始めれば短時間で煮えるというい加減さを許してくれる点である。

船旅から家へ帰ってくると、私はこの豆でカレーを作ってみようと思った。ほんとうは心の中で名称も決まっていた。「貧乏人のカレー」である。

豆は三百グラム一袋で、多分二百五十円もしなかったと思う。豆をよく洗うと、黄色い色が出た。やはり当節、材料の水洗いだけは手を抜けないと思って、何回も何回もお米を研ぐように洗ったら、すぐに水は澄んできた。

深鍋で、タマネギ二個と、ニンニク二かけを、たっぷりめの油でよく炒めてから、豆を加えて煮る。豆が小さいのと、皮がついていないので、すぐ火が通る。そこへ必要量の日本製のカレールーの四分の一ほどと、後は出来合いのカレー粉と塩を加えて味を整える。基本的には、それで出来上がりだ。

どろどろの、肉なし、野菜だけの体裁の悪いカレーである。どこでそういうものを初めて食べたのか、と聞かれると私は答えに困るのだが、取材でインドのらい病院にいた時も、デカン高原の奥まで十三時間もかかって自動車で調査旅行をした時も、病院の施設や、田舎の食堂や、泊めてもらったカトリックの修道院で、この手のカレーを何度か食べさせてもらった記憶があるのだ。

しかしこれはごく普通の庶民の食事でいわゆる客用のご馳走ではないのだろうから、何と何を食材として入れるという定型もない。インド人たちはカレー粉もめいめいの家で作るのだから、味の定型もない。日本のカレールーみたいに、甘口も中辛も辛口もない。唯限りなく、その家の味があるだけだ。

私は旅行をしている間中、道端の食堂や他人の食べているお皿の中身を、いつも覗き続けていた。一日に六百キロも自動車で移動するような時には、いわゆる道端の「運転手《ドライバー》食堂」でも食べたが、そこの定食（つまり食事はいつでもどこでもカレーなのである）の値段は当時一人前七十二円くらいで、しかもそれは長距離トラックの運転手というエリートの職業人でないと食べられない高級な食事代だったはずだ。ありがたいことにこうした熱いカレーさえ食べていれば、私は下痢をすることも全くなかった。

豆のカレーとオクラのカレーは、どんな貧しい人も食べている食事だろう。豆はどこの社会でも安いタンパク源だし、オクラという植物は、荒れ地の一部や、犬と子供がおしっこを引っかけそうな道端ででも優雅な花を咲かせ、のびのびとした実をつけていた。豆のタンパク質と野菜のビタミンのおかげか、インドの村には健康的で元気な子供が多かった。

どんな荒れ地にでもできるのなら、うちの畑では困るほどできるだろう、と思って、私は日本でも何度かオクラを植えてみたのだが、まだ栽培に成功していない。植える時期が早すぎるのかもしれない。あれは四十度を越す灼熱地獄のような高温の土地で生育するのである。或いは、日本の土が栄養分の豊かすぎる黒土で、オクラと合わないのかもしれない。

農作業は、人を謙虚にさせる。一つの植物にとってはいい環境でも、別の植物はそれを嫌う。独断、偏見、決めつけほど、その植物の機嫌を損ねるものはない。

私の作った豆とタマネギとニンニクだけのカレーは、インドのもっとも普通の（ということは、貧しい人たちというニュアンスも含むが）生活者の食べているカレーの、無限に変化のあるレシピに近いもの、という他はないだろう。私が「貧乏人の」と言ったのは、次の条件にも当てはまるからだ。

（一）前日から水に漬けておかなくていい豆であること。

前日には、そのうちには材料の手持ちがないかもしれないということを暗示する。その日、一家の父は労務者として働き、夕方もらった労賃で一袋の豆を買って帰る。母はその豆を手にしてから夕飯を作る。それでどうやら間に合う材料でなければならない。

（二）貧乏な生活者にとって、もっとも痛いのは、直接腹の足しにならない燃料を買わねばならないことである。インドにはしかも森のない地方が多い。だから都市型の燃料の供給など受けられない広大な土地では、人々は食材を買う行為の他に、燃料を調達する費用の割合が重いことを実感している。

従って豆は、早く煮えるものでなくてはならない。ヤムやタロなどの芋類は茹でるのに、より長い時間がかかるので、敬遠する土地が東南アジアやアフリカにはけっこうある。

（三）この豆カレーも、他に何でもあるものを加えられる。ジャガイモ、ニンジン、キャベツの硬い葉、ブロッコリの芯。私は目撃したわけではないが、ほんとうに貧しい人々は、ごみ捨て場からさえも、野菜屑を拾ってきて入れるだろう。

私はいつも料理を作る時にズルをする性格である。基本は元から作るのだが、その過程で簡単に使えるものはちょっとカンニングをする。私は豆カレーを作るのに、日本の小さなスープキューブを一個入れた。それから日本人が使うカレールーを、普通の使用量の四分の一ほど加えた。ただしこの割合が多すぎると、日本のカレーの味になってしまうから避けたのである。

さらに最近では、家にあるおつまみ用のナッツが冷凍の状態で冷蔵庫の中にあるのを、掌にいっぱいほど、細かく刻んで入れることにしている。カシューなどは、日本ではやや高級なものだが、インドでは必ずしもそうではない。「私はカシューナッツの林の中の農家で生まれました」と言う神父もいるのである。

歩き出した人々
――不満を知り、解決の方法を探る

二〇一三年私が偶然行ったジブチは、ほんの狭い海（アデン湾）を挟んで、アラビア半島のイエメンとアフリカのソマリアの間の要衝にあるが、今は海賊対策の基地である。このジブチについて「ナショナル・ジオグラフィック」誌が、実に興味のある記事を載せてくれたことがある。

アメリカのピュリツァー賞受賞ジャーナリストのポール・サロペックが、六万年かそれ以上前に、アフリカに発生した人類の一部が、大移動を始めたのと同じ道を七年間かけて歩く企画を実行して、その記録を書いてくれたのだが、そのスタート地点がジブチの近くのアファール低地で、最終目的地は南米大陸の最南端のティエラ・デル・フエゴであった。

六万年前、この大移動と共にアフリカから去った人の数を、私は漠然と数万人だろうと思い込んでいたが、驚くべきことにそれはほんの数百人だった、というのである。

サロペックは酷暑のアファール低地を出発する時、周辺の遊牧民にもっとも近い目的地として「ジブチへ行く」と告げた。足で歩いて、南米大陸の最南端まで行くなどと言っても、誰も理解しないからである。しかし歩いてジブチに行くと言っただけで、「気は確かか？　病気じゃないだろうな」と言われたという。彼らにとってジブチさえもそれほど遠い土地だったのである。

草一本生えない砂漠ならぬジブチ近辺の土漠は、酷暑などという言葉で済ませられるものではなかった。私が今回行った時、ジブチは摂氏五十八度であった。私たちは近くの塩湖にも行ったのだが、その付近の光景とさして違わない近郊の溶岩原で行き倒れた人の朽ちかけた遺体の写真もこの紀行記は載せている。目鼻だちも白い歯も残っているが、胸の一部や太股は野獣に食われたのか白い骨が露出し、腰にぼろ切れが巻きついただけだ。このルートでは、こうして倒れた人々の遺体や墓をいくつも眼にした、という。

日本人のように、あらゆる遺体について、これはいったい誰のものか調べねばならないと思ったりしない。昔から、砂漠では、誰もが行き倒れて死んだものなのである。

もし六万年前に熱砂の中のアフリカに生きていたら、現状に絶望して、私は北に向かって歩き出しただろうか。しかしその時の私は「よりましな」暮らしなど考えられるわけがない。なぜなら人間は、「見たことのないもの」を希求するという情熱もないからなのだ。

しかし水だけは違うらしい。生きている限り、人は自然に水を求める。それなのにアフリカの広大な面積を占める砂漠、土漠、岩漠では、水を見出すことが至難の業だから、移動しなければという欲求も生まれる。

私は果たして歩き出した一群に属したのか。それとも、怠惰、臆病、無気力などの結果、そこに留まる道を選んだのか。

現在の私たちは、歩き出した勇敢な人々の子孫ということになっている。つまりそれは、不満を知り、解決の方法を探る、という人間性を持った人たちだ。知りたいという欲求、冒険心、忍耐心、苦難にも耐える健康な肉体にも恵まれたたった数百人の子孫だということなのである。私はその血の流れを自分の体内に感じて誇ってもいいのか、それとも漁夫の利を得た人間として、相応にひがむべきなのか。

北に向かって歩き出した人々は中近東からインド、中国、シベリアを経てアラスカに渡り、それから一挙に北、南米大陸の背骨を南下して、チリの南端にまで達した、と見られている。そして現代の文化のあらゆる機能は、アフリカに留まらずに歩き出した人々の子孫によって作られた、と言っても過言ではない。

アメリカのテレビが先日おもしろい番組を提供した。最近のDNAは、私たちの祖先をかなりはっきりと推定する。方法は簡単で、綿棒で口の中、頬の内側を何回かこすって採った組織を研究所に渡すだけでいい。

アメリカのDNA学者の一人が、ニューヨークの町でさまざまな外見の人に声をかけて、自分の祖先を知りたくないか、と言う。つまりDNAを調べさせてもらうのである。そのようにして人種の坩堝《るつぼ》と言われるアメリカに住む人たちの人種的源流を探ろうという企画だ。

そのうちの一人、学者が街角で調査の対象に選び、相手もそれに協力をすると言ったのは、私のような者が見ても、なかなか興味深い風貌の人物であった。つまり何国人かわからないのである。年の頃は三十代後半。中肉中背。髪は黒でわずかにくせ毛。眼鏡をかけて知的な男性である。もしかするとインドかアラブの血が混じっているのではないか、とも思えるが、つまり私にはわからない。

数週間後に、学者は再びその男性に会う。そして極めておもしろい結果を告げる。

彼自身が認識している経歴によると、彼はコロンビアから来た移民だということになっている。しかし実は彼は養子で、養い親が麻薬の密売をしていたコロンビア人だというだけのことだ。だから彼はいっそう自分のほんとうの出自を知りたかったのだろう。

学者が告げた興味深い結果では、彼のDNAの中にはアメリカ原住民の血が流れている。それから驚くべきことにユダヤ人の血も入っている。しかしほんとうの先祖は、アフリカ人だというのである。

それを告げられた時のこの人の表情はまことに複雑だが、感動的なものであった。私は彼の、もしくは国籍上のアメリカ人一般の、ユダヤ人に対する或る強烈な先入観を、実はほんとうには理解していない。だから彼がそれを知った瞬間、嬉しく思ったのか、深く当惑したのかもわからない。

しかし一見全く感じられないアフリカ人の血が、自分の中に流れていることを知ってからの彼は、おそらくそれ以前とは大きく変わったに違いない、と私は思う。

私はそれまで自分のDNAを調べるなどということに全く無関心であった。しかしこの番組を見てから、実は調べてほしくなった。

もし私の中にアフリカの血が流れていると知ったら、私の中でアフリカはもっと身近なものになるだろう。私が今、外見上もっとも似ていると言われるのは中国人かインドネシア人で、或るインドネシア系の人などは、私がバティック風の染めの服を着ていると「故郷の女を見るようだ」と言う。

インドネシア人の中には、アフリカ南部の、モザンビーク或いはマダガスカルなどの血も流れているだろうから、私の中にそうした南回りルーツでのアフリカの血が混じっていても不思議はない。もしかすると、そうした事実を知ることで、人間は国家を取り払ったほんとうの止むに止まれぬ恩愛の情を、他国に持てることになるのかもしれない、と私は思い始めているのである。

サン・マルコ広場の憂鬱
――人を助けるには覚悟がいる

二〇一五年四月末から五月初めの連休の頃、私はひさしぶりで二週間ほどをアドリア海側の北イタリアで過ごした。ちょうど十年ほど前、左足のくるぶしのあたりを折って手術を受けた後、北イタリアにローマ帝国時代からあるアバノという温泉で、約八日間療養した。まとまった逗留は、その時以来である。

いわゆる天正少年使節と呼ばれる日本の少年たちが、ヴァリニャーノというイエズス会（カトリック）の司祭に連れられて、北イタリアにも足を延ばしている。その縁《ゆかり》の地を見るためだ、と家族には言って家を出た。

しかし私の年を考えると、果たして私が彼らに関した小説を書いて死ぬことができるかどうかは、あまり保証できない。生きていても、或る日、文章を書く体力が失われてしまうかもしれない。

私はそのことを別に悲しくは思わないのだが、「体裁よく、取材に行きますと言って、実は遊んでいて、結局書かないで死ねば、ちょっとした詐欺よねえ」と友達に言う程度の心境にはなっている。

少年たちが泊まったり、訪れたりしたと思われる建物は、一部は残っているが、町の姿が今と同様ではないだろう。しかし今日の町に生きているさまざまな性格の人たちは、必ず当時にもいたろうから、それは時代を越えて小説を書く時、大いに役立ちそうである。

私は再び大好きなヴェネツィアにも立ち寄れた。私はこの町に、何度でも来たい。この町には、芳醇な悪の匂いがする。美には、必ず醜や悪の要素も混じっているものだが、ヴェネツィアはその意味で、完全に成熟した見事な町なのである。

サン・マルコの広場は、観光客でごった返していた。こんなに人の多いサン・マルコを見たことはなかった。

東欧からの観光客は昔から多かったが、今回は世界で名高い中国人の団体も加わっている。と言っても、数十年前の日本人の団体旅行も同じようなものだった。夜遅くホテルの廊下で大声で喋ったり、十代の娘でもないのにお揃いの服を着たりしていた。それに比べると中国人のグループ客はずっと垢抜けているし、上等な旅行カバンを揃えている。少なくとも私の持っている何十度もアフリカ旅行に耐えた古カバンとは比べ物にならないくらいぴかぴかだ。

サン・マルコ広場には、子供や少年の団体も多い。日本で言うと、小学校か中学校の修学旅行という感じだ。つまり世界は経済的に総じてよくなっている面があるのだろう。そんなことを言うと、経済の専門家や、国際関係の学者からは、必ず反論が出る。しかし外国にまで出かける旅行者が増えた、という実感は隠しがたい。

昔聞いた話でほんとうかどうかわからないのだが、バチカン市国で働く有名なスイス人の傭兵たちの中には、スイスの田舎に生まれ、中にはすぐ隣国のイタリアにさえ行ったことがない家庭に育った人もけっこういる。だから憧れのローマを見るには、バチカンのスイス衛兵に応募し選ばれて、数年間の任務に就くに限る。するとミケランジェロがデザインしたという古式ゆかしい制服を着て、教皇のすぐ傍に立ってニュースにも映れるだろうし、観光客の娘にももてて、年季明けには、バチカンの勲章ももらえる。

世界中、ものの考え方はもしかすると日本より質素だから、希望はそんな形なのである。日本人のように、団体で外国旅行をすることなど、ごく普通だとは言えない人たちも多い。

私も当然のように観光客の一人としてサン・マルコの広場にいる。私の足は長い歩行に耐えられなくなっているので、始終カフェで休まないと続かない。エスプレッソと呼ばれる小さな器の濃いコーヒーは、安いところなら二ユーロ（約二百八十円）。お休み賃としては高いのか安いのかわからないけれど、とにかく広場や通りで人を眺めるという時間は、私にとってもっとも有益なものだ。しかしその楽しいはずの時間に私は考える。

四月十九日、イタリアの半島の向こう側の地中海で、一つの悲劇が発生した。約八百人のアフリカからの移民を乗せた船が沈んだ。命が助かったのは、そのうちの二十八人だけだったのである。以後、この手の悲劇はあとを絶たない。

アフリカからの難民のヨーロッパでの行く先はさまざまだ。うまくいけば、まずイタリアに上陸して、それからフランスやドイツに向かう。こうした密航船に乗るのは、いずれも差し迫った「戦いと迫害」を逃れ、「よりましな生活」を見つけるためだと「タイム」誌は書いている。

人間は、故郷に住みたがるという本能を持っている。もちろん同時に複雑な心境から、都会に出ることも夢見る。しかし故郷は故郷として、いつでも帰れる場所であり続け、そこに親や友や祖父母や、或いは出稼ぎだったら残してきた妻が安泰でいることを期待している。

しかし今の移民ははるかに深刻な状況だ。彼らは、祖国に残っていても未来はないと感じている。だから幼い子供を一人でこの手の密輸船だか密航船だかに乗せて送り出す人までいるという。祖国で部族の争いや外国の空爆を受けて死ぬよりも、とにかく孤児として育つとしても、この子を生き残らせることの方が大切だ、という親たちの悲痛な選択の結果だ。

悲劇の船を送り出したリビアもまた、全く機能しない国家形態を持っている。国中武器だらけ。内戦が続き、ＩＳとも深い繋がりを持つテロリスト・グループに占拠されている、という。

「寛容を標榜する」ＥＵは彼ら難民たちを助けようとするが、おそらく増え続けるだろうと思われる難民を迎え入れる力の限界を感じ始めているらしい。難民には、家、食料、上下水道の設備、子供たちの教育施設、医療の設備も当然備え、一家の働き手には職も与えねばならない。膨大なお金がかかるのだ。

自分の属する国から、こうして逃げ出さねばならない人たちがいる。そういう国家が、ほんとうに悪い国だと、国民自身が告発しているのだ。

サン・マルコに集う旅行客は、未来の展望を全く失って海で溺れ死んだ難民のことなど全く考えていないような表情で、旅情を楽しんでいる。

助けようがない、ということもある。だから忘れる他はない。それが現実ということもある。助けるには覚悟がいるのだ。自分が失うと痛いと感じるほどの額の金か、現在有している生活の便利さを、犠牲として差し出さねばならないからだ。その覚悟がないうちは、私たちは最低限、簡単に自分を人道主義者だと思わないことだろう。

金《かね》と物質以外の力

――偉い人ほど他者に仕えるのが正しい人間関係

二〇一三年三月、バチカンは前法王ベネディクト十六世の生前退位を受けて、枢機卿会議によって新法王フランシスコを選出した。イタリアからの移民としてアルゼンチンに移住した家族の息子に生まれた法王は、七十六歳だという。

新法王は、選出されてすぐ、自分の教皇としての名を決めねばならなかった。フランシスコはそれについて、「隣席の枢機卿から『貧しき人のことを忘れないで』と言われたから」という意味の答えをしている。自分が法王に選ばれると思って、ずっと前から名前を用意していたと誤解されても困るだろうから、この答えはユーモラスで用意周到な人柄を偲ばせる。

アッシジ（イタリアの都市）のフランシスコは、十三世紀の人で、生まれは富裕な商家であった。青春時代には、放埒《ほううつ》と奢侈《しゃし》に流れた暮らしをした時代もあったようである。十三世紀のアッシジとペルージアの間の戦争にも参加し、捕虜となり、獄中生活も送った。しかしその後、病気を患い、その時、幻の中で回心した。

後年フランシスコ会の修道士たちが、だぶだぶの長着の腰を縄帯で縛っただけの簡素な修道服を着たのは、フランシスコが父から与えられた贅沢な遊び人風の服を脱ぎ捨てた時、傍らにいた人が、道端に捨ててあった縄をベルトとして渡したからだ、と言い伝えられている。つまり人間は、道端のゴミによってでも生かされ、暮らしていけるということだ。

アッシジのフランシスコは、生涯この地上の物質に対する執着を完全に放棄する清貧を貫いた。私が昔読んだ伝記で忘れられないのは、托鉢に行って、その日食べるものを与えられたなら、すぐに帰りなさい、と周囲を諭したというエピソードである。私なら、せめて今週充分食べる分くらいは集めてから帰ろう、などと功利的に思うに決まっている。

新法王の目的は、貧しい人々の中に建つ（立つ）教会を目指すことだという。新法王は、高位の聖職者になった後も、アルゼンチンではごく普通のアパートに住み、車を使わずにバスに乗って移動していたという。教会でなくても、現代において、貧しさを体で知っているということは、大きな強みだ。それは地球の半分以上の人々の心を知ることになるからだ。

教会を司牧するということは簡単なことではない。私も若い時には、豪華な教会建築にどちらかというと悪意を抱いていた。牧者モーゼが、エジプトのファラオの圧政から逃れ、自らイスラエルの民を率いて四十年間荒野をさまよっていた時、彼らは豪壮な教会など建てられなかったから、ただの移動式テントである「幕屋」で神を礼拝した。それと同じでいいのだ、と考えていたのである。

しかし歴史的にも地理的にも、徹底して貧しい人々は地球上にいくらでもいたし、今でもいる。そうした人々は、いくら天国のイメージを描こうにも、生まれてこのかた、豪華なもの、美しいものを全く見たことがないのだから、想像のしようがない。この世のどこを見回しても、天国を偲ばせるような絢爛たる風景も建物も物質もないとなると、何をよすがに天国というものを想像していいかわからないだろう。そのような国や土地や時代にあって、教会建築がこの世ならぬ壮麗さを見せることには、大きな意義もあるのだ。貧しい自分の暮らしとは全く無縁ではあっても、絢爛豪華な教会建築があることは慰めになる時があるということがわかるようになったのは、中年を過ぎてからである。法王は常に、こうした矛盾の只中に立たされることになるわけだ。

新法王は謙虚であることに深い徳を感じる方だという。

徳《アレーテー》というギリシア語は、同時に卓越を示す言葉でもある。また徳《アレーテー》は、勇気、奉仕貢献をも意味する。偉い人ほど、他者に仕えるのが、正しい人間関係なのである。

昔或る人から「ローマ法王は、何と署名するか知ってますか?」と質問された。ごく普通に今度の法王なら、フランシスコとお書きになるのだろうと私は思っていたが、法王は「神の僕《しもべ》の僕《しもべ》」と署名するのだという。

私が昔頂いたバチカンの勲章の勲記には、普通にヨハネ・パウロ二世と署名されている。だからどんな場合に法王が「神の僕の僕」と署名されるのか、今でも私は知らない。

しかしこの言葉の意味は次のようなものだ。私たち人間すべては、誰もが神の僕である。法王は、その私たちにさらに仕える僕として生きる、という意味だ。

昔の修道院には、特定の祝日に、修道院長が若い修道士たちの前に跪いて、一人一人の足を洗う、という儀式を行う日があった。普通は逆だ。偉い人が、偉くない若者に足を洗わせて普通なのである。まさに現世において、高い地位を持つ人ほど、謙虚という姿勢を忘れてはいけないのであり、それを忘れないために年に一度、こういう式を行うのだと私は教えられた。

神の前では、私たちは皆「小さな者」だという。今持っている地位も財産も健康も力も、すべては仮初めに、私たちの実力とは関係なく、ただでお借りしているものだから、いつかはお返しする時が来るということを、私は徹底して教えられていた。

だからこそ新法王も、あのバチカンの壮麗な建物、重々しい儀式、贅を尽くした建物などに、それほど重圧を感じないでいられるのだろう。それらはすべて現世で仮のもの、すべては間もなく神に返される「力」の象徴なのだ。

法王と同国人であるアルゼンチンの女性大統領が一番にバチカンに乗り込んできて、「フォークランド島の紛争の後片付けに、英国との仲を取り持ってもらいたい」などと頼み込んだという話が聞こえてきた。どこの国にも、利己主義で権威主義、人を利用することだけはうまい、厚かましい人がいるものだ。

法王は、老獪をもって知られるイエズス会でも学ばれたことのある人だから、そうした生臭い話を裁く力をいくらでもお持ちだろうが、法王を政争の座にだけは引き込んではならない。法王が束ねるべきは、あくまで人間社会の愛の世界の原則、徳の力の集結を目的とするものでなければならない。

バチカンが世界一の情報国家だということが、日本の新聞にも出ていた。私が親しかったバチカン在住の一人の神父は、為替相場を熟知していたし、私はかねがね知りたいと思っていたアラビア語の小さな疑問を、あのサン・ピエトロの広場で一人の神父と陽射しの中で立ち話をしながら教えてもらったこともある。バチカンには非常に優秀な人材を抱えたシンクタンクのような部門があって、それが全世界の人たちを、学び、理解し、有効に結びつける、という機能に向かって働き続けているはずである。

よき月得ての
――「抗わない」という静かな強さ

二〇一三年五月初めの連休の終わりに北海道へ遊びに行った人は、予定しない雪に遭ってびっくりしたことだろう。予定できないのが人生というものだから「『想定外』という言葉を許してはならない」などと言わない方がいい。

私は連休の静かさを利用して、北海道のトラピスト修道院に住む高橋正行神父の二冊目の句集『雪』に読みふけった。

正行神父との初対面はまことにおかしなものであった。私は弟さんの高橋重幸神父をよく知っていて、その著書を通して神学的な知識を教えられたのだが、このご兄弟は共に、外部との繋がりを一切断って、一生を祈りと労働のうちに暮らす北海道のトラピスト修道院に住んでいたのである。

私は恐れ多くも、或る年、このトラピストで講演をすることを頼まれ、それなら俗世のことでも喋ればいいのだろう、と自分を納得させたのであった。すべてのものは神によって作られたのだし、トマス・アクイナスに至っては、「すべて存在するものは良きものである」ともおっしゃったのだから、とひねくれた覚悟を決めて出かけたのである。

この修道院にも、外部の者を入れていい建物の部分と、「禁域」と呼ばれる修道士たちだけの生活の部分とに分かれていて、理由があれば、外部の人間の立ち入りも許されていたのである。

修道士たちは、夜八時には寝に就く。起きるのは朝三時半で、それから朝の祈りやミサが続く。私は朝型で起きるのは平気だが、もともと不眠症だから、早く眠るのがむずかしい。

ミサはまだ暗いうちに始まった。祭壇は東側に位置しており、両側に縦長の窓があった。その窓も最初は暗い夜の色を湛えている。しかし或る瞬間、私が祈禱台から眼を上げると、突如としてその窓に朝日の色が射していたのである。

私がトラピストでもっとも驚いたのは、そこが世間離れした一種の「仙境」ではないことだった。修道士たちは誰もが皆充分に人間的だった。ユーモアや悪戯も好きだったし、世間にうとい非常識人でもなかった。そこにはいい意味で、銀行員か商社マンかと思われるほど穏やかで行き届いた心遣いのできる人がたくさんいた。

その時重幸神父は私に「兄に会ってやってください。兄はジャム屋なんです」と言った。

トラピストはクッキーやバターでも有名だが、百万坪はあると言われる広大な修道院の森で採れるベリー類などを使ってジャムも作って売っている。その現金収入を修道士たちの生活費に充《あ》てるためだ。しかし商売ではないから、材料分だけジャムを作って売ると、それでその年のジャム作りは終わりにするらしい。

ジャム工場は小さいが近代的な設備で、私は重幸神父とそっくりなお兄さまの正行神父に紹介された。工場長である。すると気の短い重幸神父が再び「曾野さん、うちの図書館も見て行ってください」と言う。

その時、正直なところ「いやだなあ。ギリシア語だかラテン語だかの古書が並んでいて、わかりもしないのにどう褒めたらいいんだろう」と心の中で思ったものだ。

ところが図書館は実に近代的な場所だった。キリスト教や神学に関する新刊図書は広範に、しかも二冊ずつ買い集められている。羨ましいような小図書館であった。重幸神父は「兄は図書館長でもあるんです」と説明した。トラピストというのはよく人をこき使うところだということはその時わかったが、人は自分を使い尽くしてほしいものである。とにかくジャム屋の工場長が突如として図書館長になったので、私は驚いていた。普通は偉そうな肩書から先に言うものだ。つまり「ジャム作りが趣味の図書館長」だと言うなら、すんなりと理解するのである。

その当時、私はサハラ砂漠の縦断をした後で、砂漠に関する書物に深い関心があった。ところが図書館の書架には、日本語に翻訳されてはいるが外国人の書いた見たこともない砂漠に関する本があった。私がその本を手に取って眺めていると、重幸神父がまた解説した。

「その本は、兄がフランス語から翻訳してるんです」

図書館長は単なる管理職ではなく、語学の達人でもあったのだ。

この修道院には、この兄弟神父の父上も、修道士として暮らしていた。この父は若い時から、修道生活をしたいと願っていたが、周囲の人の配慮を無にできなくて、神父たちの母と結婚して四人の男児を得た。しかし一九四五年の東京下町の大空襲で、この家族は母と三男と四男を失う。失意の父は残された年上の二人の男の子、当時十四歳の正行神父と十二歳の重幸神父を連れてトラピスト修道院に入った。

年長の修道士たちは、我が子のように、或いは兄たちのように兄弟をかわいがってくれはしただろうが、母がいない修道院の暮らしにも、ふと茶の間の温かさを求めた瞬間があったのではないか、と私は思う。

しかし兄弟は、実に闊達で心温かい人物に育った。

兄の正行神父は――もう八十三歳になられるはずだが――近年は料理研究家である。生涯結婚をしなかった修道院暮らしで、料理研究家として賞も取るほどの腕前になった。そして私の知らないところで、四十歳からの神父は、俳人としての道も歩み始めていた。全くいくつ肩書があるかわからないほどの方である。

今回の第二句集の題の通り、その中で一貫して見えていたのは、函館を包む残酷でもあり優しくもある雪の風景である。

「修道院音一つなき深雪かな」

その中で神父は、一生を前向きに、明るく活動的に暮らした。元気いっぱいで、「雪除けて掘りだすゴボウ黒きかな」と聞けば、トラピストの食事はかなりおいしそうだ、と私は俗な覗き見趣味を満喫させる。しかし正行神父ももう若くない。若い時にわずらった病気が出る日も多い。ふとんの裾に細雪のつもる夜があるという句から見ても、母のいる普通の家庭を羨んだ日もあっただろう。

父の死を前に、神父は思う。

「拭ひきれぬ孤児の思ひや雪の夜」

「春吹雪父の墓地へと行きがたく」

父は今は修道院内の墓地に眠っていた。

しかし、神父はやはり透徹した答えにも辿り着く。

「雪原によき月得ての戻りかな」

人が自分の置かれた人生を納得して生きるということほど、すばらしい選択はない、と私はいつも思う。抗わないという静かな強さは、そのままで詩であり、その人の芸術なのである。それをずっと見守ってきたのは雪なのであった。

「修院へ雪深々と道ありぬ」

「忘れ物せし人追ふや雪の夜」

「雪礫《つぶて》いたづら好きな老神父」

或る修道女の生涯の一ページ
――憎悪の代わりに愛もある

二〇一三年十一月四日の産経新聞に、一人の修道女の訃報が載せられた。根岸美智子さん。「御聖体の宣教クララ修道会」の修道女であった。若々しく見える方だったが、七十六歳だった。

もう何十日も前、私はシスター・根岸の療養先に電話をした。病気は末期で、電話口にも出られないかもしれない、と聞いてはいたが、長い間待ったあげく、私は向こう側に細い切れ切れの声を聞いた。しかしそれは、もはや文意として繋がっておらず、私はシスターとの会話は不可能だと悟った。

私は「そのうちにお会いしに行きますからね」と言ったが、これは私のシスター・根岸に示した最後の不誠実だった。私はその時、実はシスターを見舞うことを、瞬間的に諦めていたのだった。

シスターはおそらく痛み止めの薬で、救われておられる状態に違いない、と私は察した。とすれば、その時間のない状態を乱さない方がいいのであった。激烈な痛みからだけは解放されて、夢うつつでおられるなら、それが一番いい。

それに私は、シスター・根岸と、もう現世で充分濃厚に会うという幸せを持ったのであった。何十年も友人や親戚として暮らしても、別に深く関わらなかった人もいることを思えば、私はシスターの生涯のすべてをかけた事業の、ほんの一部ではあろうと、深く繋がることを許された。私はそれで充分光栄であった。

シスター・根岸と私の接点は、西アフリカのシエラレオーネという国が舞台だった。シスターはそこで長い年月、土地の気の毒な子供や被災民のために働いておられたのである。

シエラレオーネは遠いアジアに住む私たちにとっては、なかなか行きにくい土地であった。或る年、私はシエラレオーネに行こうとして、内乱のため、二ヶ月ほど前になって、急遽計画を諦めたことがある。シエラレオーネと日本を結ぶ一切の電話回線が通じなくなったからである。

シエラレオーネは人口約六百万人余りの国である。一人あたりのＧＮＩ（国民総所得）は約七百十ドル。七万一千円で一年暮らす生活を日本人は想像できないだろう。平均寿命は男女共に五十歳にも達していない。乳児の死亡率が千人に百七人。夫婦が子供を九人生んでも、そのうちの一人は死ぬ、という確率である。

一九九〇年代の約十年間続いた内乱について、私は詳しく書くことはできないが、その間に政府軍と反政府勢力と呼ばれる人々が、あらゆる残虐と破壊を繰り返した。子供たちの両手首や両足を切断し、少年には武器を持たせて戦闘に駆り出し、少女は拉致してレイプをし、その後も売春婦として使った。手足を切断する「アンピュテーション」という英語を私が覚えたのも、シエラレオーネでである。

「曾野さん、手を切られるのと、足を切られるのと、どっちがましだと思いますか？」

とシスターは私に尋ねた。

「足でしょう」

と私が答えられたのは、自分が足を骨折した経験があるからであった。もちろん私の足の怪我は片方だけで、医療設備の整った日本で手術も受けられたのだが、その当時、私は両手が使えることで、どうにか自分一人で日常生活を続けることができた。

「そうなんですよ。足がなくても義足ででも歩けます。しかし両手を切られてしまったら、一生自分の大便の始末ができません」

とシスターは言われた。

シスター自身、この国に入国できなかった時代もあるというが、シスターはその間に糖尿病と闘いながら、決してシエラレオーネを捨てようとはしなかった。

二〇〇〇年の停戦合意以来、状況は少し変わり、日本から復興のためのお金も届けられるようになった二〇〇二年に、私たちのグループはシエラレオーネに入ったのである。

その時の私の秘密の役目は、現金の輸送であった。どこの国も内乱で車両を失っている。もともとトラックもバスも四駆も少ない土地が、輸送手段を失えば、復興の工程は始まらないのである。

私が働いていたNGOは、シスターの修道院に四駆を買うためのお金を日本から送金しようとしていたのである。

しかし驚いたことに、スイス銀行はその送金を引き受けなかった。シエラレオーネには莫大な債務があるので、先方国のどの組織に送ろうと、シエラレオーネに行くすべてのお金は、スイス銀行がおさえてしまう可能性がある、と親切な人が教えてくれたのである。

数ヶ月後仕方なく、私は自分のハンドバッグに約三百五十万円分のユーロの札束を潜ませて、パリ経由、シエラレオーネの首都フリータウンに向かうグループに加わった。到着した時は天にも昇る嬉しさであった。これでやっと現金《げんなま》輸送の重圧から解放される。

シスター・根岸とメキシコ人の修道院長と私は、何気なく院長室に入ってドアに鍵を掛け、窓のカーテンも下ろした。その密室の中で私は現金を渡し、受け取りをもらった。実は仲間の修道女たちを用心したのである。

彼女たちがお金を盗むと考えたのではない。人のいいシスターたちは、セコハンにせよちゃんと動く四駆を買える資金が届いた嬉しさのあまり、その日会うすべての人に、

「日本人が、車を買うお金を持ってきてくれたのよ」と無邪気に喋る恐れがある。するとシスターの身持ちの悪い弟や甥が、仲間とかたらってその金を奪うのを目的に、その夜、修道院を襲う可能性もまた充分に考えられたから、私たちは用心したのである。

その当時、シスターの修道院は、内乱時の戦闘で二階の屋根を吹き飛ばされ、辛うじて二階の床が一階の天井になっていた。私たちはそれでも屋根のある建物に寝られることを感謝した。

内乱の中で、体だけでなく、心にも体にも傷を負った子供たちはいくらでもいた。国家がＰＴＳＤ（心的外傷後ストレス障害）を癒したり、対立して殺し合った部族間の憎悪を解消するような方策を立てる余裕はなかった。私たちは至るところで、手足を切られた無残な子供たちの姿を見た。

そうした子供たちを集め、教育し、憎悪の代わりに愛もあるのだ、ということを実感させる仕事は、すべてカトリック教会の手に任されていた。ここでもイタリアの宣教会が大きな働きを示していた。

私が知っているのは、シスター・根岸の豊かな生涯のほんの一ページだ。しかしほとんどの人ができなかった大きな仕事であった。

最後の電話以来、私はシスターが一刻も早く残虐だったこの世から、「完全な優しさのうちにある主」の元に帰られることを、実は祈り続けていたことを忘れない。

第六章　自力で危機を脱出するのが人間の姿

観察の闘い
——相手を見極め、人生の闘いに穏やかに勝つ

私がこの頃、時々ためらうのは、ほとんど何にも興味がない、という青年によく出会うことだ。もちろん友達が新しい端末でも持っていれば興味を持つし、理解も早い。しかし生涯かけて何をしたいということはないらしいのである。

昔私は、新しい大卒の青年が銀行に入ったと言うと、「それじゃしっかり勉強して、銀行サギができるほど、業務の通になってくださいね」と笑い、自分はコンピューターのプログラマーになりたいと言う若者に会うと、「それじゃ、国際的レベルのハッカーになれるくらいになってね」と言うことにしていた。ユーモアの全くわからない青年の中には、たまに顔をこわばらせるのもいた。最近の若者は、言葉を遊ぶということも知

らなくなっていて、私が悪事をすすめている、と思ったのだ。

私は銀行サギどころか税金の申告もできないし、私の生活に「エレキは入れていません」と言うほどＩＴの世界と無縁で暮らしている。こうした危険な励まし（？）は、自分が一番できないレベルの技術を若者に望んだだけなのだが、人生の闘いに穏やかに勝つためには、相手を見極め、観察するということが何事の前にも要るだろう。

人はごく普通の瞬間、何もしていない時でも、心理の癖を示すものだ。それをじっと観察していることは何よりおもしろいのだが、そのためには、好奇心や、生きる上で好きな道がなくてはならない。何も取り立ててしたいことも、なりたい職業もないという青年は、つまり外界に対する興味という「触覚」のようなものを失っているのだから、だんだん植物に近くなり、人間離れしているように見える。

動物の対決は、走る速さや、歯の力や、相手を脅かす力のある角《つの》の大きさや、俊敏性にかかっているのだろうが、人間はそれに、精神の複雑さが加わる。人間として生きる以上、その部分の訓練もしてほしいのである。

舞踏とレスリング
――平和は敵あっての平和

必要があってマルクス・アウレリウスの『自省録』を再読したが、そこには、人間の生涯の闘いの方法とでも言うべきものが随所に記されている。

今は「平和、平和」と平和だけがもてはやされる時代だが、平和を保つには、その手前に自分との闘いが必要だ。実は平和は敵あっての平和である。敵もいない状態なら、別に平和を口にする必要もないはずだ。しかし昨今の日本人には、外敵が必ずいるという自覚がない。自分が平和愛好者なら、敵がいるわけがないと思うようだ。

「生きる術は、予期せずして降りかかる出来事に対して備えを持ち倒れずしっかりと立っているという点で舞踏の術よりむしろレスリングの術に似ている」（第七巻六一）

そう言えば、舞踏は事前の打ち合わせが可能だ。しかし災害や闘いはそうではない。相手の手は、事前に読めない。人生の処し方というものは、事前に読めない出来事にどう対処するかにかかっているのである。

アウレリウスは、魂の闘いについても、述べている。

「復讐《ふくしゅう》する最良の方法は、〔相手と〕同じような者にならぬこと」(第六巻六)

「一万年も生き永らえるであろう者のように振る舞うな。〔死の〕運命は既に迫っている。生きているうちに、それが可能であるうちに、善き者となれ」(第四巻一七)

今では、若者に死を教える者は誰もいなくなった。学校も社会も、希望と発展ばかり希求せよ、と言う。衰退、滅亡、死もまた人生について廻るものなのに、親さえもその厳しい現実を教えない。それでは闘えない人間ができるのも当然である。

運動能力があって、身のこなしが柔軟だったからこそ、交通事故の際に生き延びた、という人もいる。魂においても、しなやかで、あらゆる側面に対応する人格でなければ、人生の強者として生き残ることはできないだろう。

もう一つの誕生日
――運命を受け入れる心の準備

実際に武道を習得している人たちが、何を習うのか、私は知らないが、スポーツとしての武道は別として、昔のように真剣勝負が行われる時代を想定したら、決していつも穏やかに、汗を拭いながら家路につくという運命だけが待っているものでもないだろう。傷を負うか、命を失うかの場合もあるだろう。そのような極限の状態を想定しない武道は、多分あり得ないと思う。

ということは、武道においてもまた、人間は死を考えるものだ。実際になると、想定していたことのほとんどが役に立たなくて、初めて直面する運命に慌てふためくのが人間というものだ、という気はするが、どうも現在の日本では、死を予想する機会も能力も、我々に欠けすぎているような気がする。

私が育ったカトリックの学校では、子供たちに、いつも死を考えさせていた。もちろん脅かすようなやり方ではなかったけれど、私たち人間は、永遠の前の一瞬を生きるにすぎないのであった。私たちはつまり「この世では旅人」なのである。だからできれば、納得をもって死を迎え入れ、むしろそれを永遠の生への入り口として喜ぶように、という思想が、子供ながら伝わってくるような空気があった。もちろん、私たちの死の日を、ラテン語で「ディエス・ナターリス（誕生日）」というのだということを知ったのはずっと後のことだが。

絶対に負けない、というくらいの心構えがないと、勝てないのだろうとは思う。しかし私が生きた人生では、勝つばかりではなく、耐える他はないことも多かった。だから、希望通りにならなくても、柔軟にその運命を受け入れる心の準備が必要だ。

そして人間は最後に誰でも死ぬ。死は決して敗北ではないけれど、それに備える人間を作ることも、多分武道の精神の中に入るだろう。

私はこの頃、見事に死んでいく人の話を読んで学ぶことも、ずいぶん好きになった。

男手の闘い
──闘いにおける複雑な要素

少し古い新聞種だが、東京の江東区の都営住宅に住んでいた四十五歳の父親が、妻と離婚した後、自分の手元に残っていた五歳の息子に暴行を加えて死亡させた。子供は他にも九歳、八歳、三歳の娘たちが残されていた。

他人の離婚の原因ほどわからないものはないが、一応新聞の伝えるところによると、この父は四年前に勤めていた会社が倒産。約一年前に離婚した。子供全員を男手で育てていたことになる。暴行を加えたことは事実だが、子供の弁当を作り、当日も子供を登園させるかどうかの電話連絡もしていた。たった一人の息子には「強くなってほしかった」という供述があるというが、この父には「強い男」になるという理想があったのだろう。しかし彼は人生での闘いに失敗した。

闘いに勝つということは、最終的には、どのような勝ち方を目指すのか、最近ますます判断がむずかしくなった。大統領や総理大臣になることが人生で勝つことだと信じる人は、今でもいるのだろうが、私などその二つのポストくらい恐ろしいものはない。私は大勢の他者の運命を大きく左右する闘いをするほど、身の程知らずではない。

闘いは多くの場合、実に複雑な要素を持つ。まず自分に勝つこと（克つこと）は、人に迷惑をかけないためのいい選択だろう。しかしそのような闘いには、神仏しか勝ち負けを決める判定者がいない場合が多い。経緯はわからないけれど、四人の子供を置いて家を出た母親の闘いは何だったのか。父親だけで、四人の幼子を育てることにはかなりの無理があることは、わかりきっている。そうした状況を知りながら、その子供を四人とも父親の手において家を出た母には、事件の責任はないのか、と思う。

考えてみると、闘いは毎日、私たちの身辺に転がっている。それなのに、人生と闘うことを忘れるか、闘うことが途方もない不幸のように言う人たちが最近ますます多くなった。

救急車は夜走らない
――戦いを賢明に避けるという心得

自分の心理をコントロールできない、いわゆる痴漢と呼ばれる人は、この世のどこにでもいつでもいるのだろうが、沖縄ではことに駐留米兵が土地の女性に乱暴を働くケースがあとを絶たない。若い力のある男が、多くの場合酒に酔って女性を襲えば、女性が身を守るのはむずかしくなる。どう考えても、女性に対して男性が力ずくで迫るのは犯罪そのものに違いないが、そこで道徳、善悪の判断が止まってしまうのもまたおかしな話だと私は思う。

実際に武道の心得はなくとも、戦いに負けないこと、戦いを賢明に避けることは、やはり武道の心得の末端には含まれるはずだ。沖縄の場合、人気のない駐車場や暗い道を普通女性が歩くような時間ではない時に一人で歩いている女性が襲われるケースでは、犯罪の原因の数パーセントの責任は、女性の側にもある。もちろん犯罪性の重さの比率は、比較にならないほど襲った方にあることは言うまでもない。しかし防備を怠って犯罪に遭うとしたら、そちらの側にもほんのわずかの責任があることも、認識しなければならない。

去年私はマダガスカルの地方都市の病院で、貧しい口唇口蓋裂の子供たちのために無料の手術をしてくださる日本の医師たちの裏方として働いていた時、宿舎の階段から落ちて頭を打ち、ほんの数十秒意識を失ったことがあった。そういう場合、数時間後に脳内出血が始まる恐れが皆無とは言えないので、その夜のうちに首都まで百七十キロを運んでおき、最悪の場合には翌朝一番の飛行機でパリに運んで手術をする他はないという話も出たそうだが、土地のシスターにきっぱり断られた。強盗の出る恐れがあるので、誰も夜道に車は走らせないのだという。つまりこういう国では、時間と場所をかまわず出動する日本の救急車などというものは考えられず、一人の怪我人は見捨てても、数人の安全を確保する道が選ばれて当然なのである。

敵を読む
——初歩的な用心が功を奏する

この頃、海外の日本人が、命を狙われる例が増えてきた。それに対して、日本政府がどう対処するかが、とりあげられるようになった。

襲撃事件が起きたアルジェリアの日揮の現場は、サハラの縁辺にあった。サハラを行き来するには、誰の許可もいらない。自分で暑さや水や食料の手当てをすればどんな土地にでも到達できる。

すると今度はカンボジアのプノンペンの町中で、現地のタクシーと言われるオートバイや自転車に座席をつけた交通手段に乗っていて、殺された日本人が出てきた。つい先頃まで、同じ土地にいた私としては、自分が奇禍に遭わなくて済んだのが、不思議なような気さえする。

その手口を詳しく知らないので、何と言っていいのかわからないが、おそらくその人が拳銃を持っていれば防げた、とか、柔道初段なら何とかなったというものではないのではないか、という気もする。武術や武器の優劣より、つまりそういう場合、人間は状況を見誤るのである。

穏やかな町の中で、誰でもが乗っている普通の交通手段だ。特に贅沢な車に乗っていて撃たれたわけでもない。

しかし日本より貧しい国には、金取り目当ての犯罪がいくらでもある。日本の吉祥寺路上で女性を殺してお金を奪った犯人の一人は、貧しいルーマニア国籍の青年だった。昔から端金《はしたがね》を奪うために人を殺すケースはいくらでもある。

一人歩きをしない、夜出歩かない、などという初歩的な用心が、実は意外と功を奏する場合もある。

敵だとはっきりわかったら、構え方もあろうが、今の世の中は誰が敵かわからない。昔の武士は名乗ってから渡り合った。しかし今は正規軍でさえ時には寄せ集めの武装集団と戦わねばならない。ましてやゲリラは村人の服を着て、暴力を振るうその瞬間まで普通の市民の暮らしをしている。

敵を見極めるむずかしさは、ますます厳しいものになっているはずだ。

戦術なき日本
——力とは、既成事実を作ること

「武道」の目指す範囲は、多分実に広範囲のものなのだろうが、実技を知らない私は、精神と心理の闘いに昔から興味を抱いていた。とは言っても、何しろ女だから、人と殴り合ったことが一度もない。それでもどうやら一生済んだのだから、私は幸運な時代に生まれ合わせたのである。しかし中年以降、途上国をさんざん旅行しているうちに、日本的な感情や理論だけでは生きていけないことがわかってきた。何しろ日本人の考える思考とは、全く異なる反応を示す土地と人々があまりにも多かったのである。

私はそこで、騙《だま》すこと、盗むこと、言語上でペテンとしか思われないような受け答えで相手をやり過ごすこと、小さな策略を弄すること、力ずくで自分の目的を果たすことなどの、一種の必要性を知った。いいというわけではないが、それなしには暮らせない社会というものがこの世にはれっきとしてあるのだ。

十年、二十年前のアフリカの田舎の飛行機の路線では、切符の二重売りが平気で行われていた。事務能力のない職員が、手書きで切符を切るからそうなるのである。私たちが飛行機の席に着くと、後から巨漢がやって来て、そこは俺の席だから退《ど》け、と言う。私の切符も彼の切符も確かにその席なのだ。

そんな時私が「じゃ、スチュワーデスに調べてもらいましょう」などと言って、うっかり席を立とうものなら、巨漢はその席にどっかと座ってしまい、私はついにその飛行機に乗れず、一週間後のフライトを待つことになる。

竹島・尖閣も同じだ。つまり椅子取りゲームと同じで、そこに日本が居住した事実を作らなかったから、ことが紛糾したのである。力とは、既成事実を作ることだという、実に素朴な戦術も日本にはなかったのである。

紀元二世紀に『戦術書』を書いたポリュアイノスも、その冒頭の一部で「策を用い、戦わずして敵を破る、これも見識でございます」と述べている。

「力なしでは生きられない」という原則
——防備の力を持ち、平和維持を

私は終戦の時、満十三歳だったが、中学生であると同時に、おそらく戦争に使う武器のパーツだったろうと思われる工場の「女工」でもあった。当時は十三歳でも、工場に動員されていたのである。

私にとって戦争というものは明日まで生きていられるかどうかを保証してくれないものであった。私は東京の大空襲を何度も体験した後、いわゆる「砲弾恐怖症」に罹った。短い期間で治ったと母は言うが、その間泣いてばかりいて、食事も食べず口もきかなかったのだという。

戦争に対する私の答えは単純で、動物的なものだ。多分「明日まで自分は生きていられるだろう」という保証のある生活を、戦争の中で私は激しく望んでいた。

しかし私は実は戦争体験を語り継げるとも思っていない。あれだけの体験を、語って他人がその実感を共有できるものとは思えない。作家は、作品の中でそれらの思いをぼそぼそと書いていけばいいもので、私は政治的な行動を取ることも嫌いであった。作家にはペンという「武器」しかない。

今年は戦後七十年の節目の年だから、などと人は言うが、私は七十年がどうした、と思う。戦争の体験や実感は、そんな風に記念日として取り扱われるものではないだろう。記憶は私の生きる上での体質として定着した。

戦後の日本は平和と幸運の中で回復した。しかし私は偶然、死、生の条件、貧困などをたえず追体験して暮らすことになった。私は五十歳を少し過ぎた時、かねてからの念願だったサハラ砂漠の縦断をしたのが転機で、その後途上国に行く仕事が自然に廻ってきた。

「砂漠なんて、何でそんなとこへ行ったんです」と聞かれると、私は困り、「砂漠へ行くと神が見えるかもしれないから」などと答えにならないことを呟いていた。しかし砂漠は、貧しさと瞑想の出発点であった。イエスはユダヤ教徒として荒れ野のほとりに生まれ死に、私が信仰しているキリスト教もまた、人間の安易な生を受け入れにくい砂漠の一神教の系譜に入っている。そして社会は新たにイスラム教の思考形態を受け入れていかねばならない時代に差しかかっていたのである。私自身もまた、さまざまな偶然から、アラブ諸国とも、アフリカとも南米とも深く関わるような運命になっていた。

つまり私は、日本人が日本にいる限りかなり保障された安全、平和、ルールの遵守、人間が自然を統べることができるという自信などと、むしろ正反対の社会に触れ続けて後半生を生きてきたのである。

私は子供の時に学校で遊んだ椅子取りゲームというものを未だに忘れない。円形の空間には、そこにいる子供の数よりいつも一つずつ足りない椅子が用意される。そして音楽や歌の切れ目になると、子供たちはいっせいに一番近い椅子に駆け寄り、それを確保する。しかし必ず一人は椅子のない子供が出るようになっているから、その子は円の外にはじき出されるのである。

それから半世紀近く経って、私はまたアフリカに始終出かけるようになっていた。かつてのヨーロッパの植民地であり、現在は独立した国々の首都は、昔の宗主国の主な大都市との間には、週に何便かの航空機の路線があったが、自国内か、近隣諸国の地方都市を結ぶルートは週に一便かせいぜいで二便というのはごく普通だった。このようなローカル路線を、同行者と私はよく利用したのだが、「田舎の航空会社」は当時はまだ切符その他を電子的に処理する設備を持っていなかった。切符を売る度に、座席の図を一席ずつ赤線で消していくやり方だったようである。だから当然前述のような、杜撰な切符の二重売りの被害も出る。

理屈ではない。力なのだ。もっとも力にはいろいろある。決して軍備だけではない。いち早く飛行機の席を占拠した男は知恵という力があったのだが、そこで「俺は大統領の側近なのだ」と脅して別のもっと哀れな乗客を降ろして座れたら、その客は権力という力を利用したことになる。スチュワーデスの制服の豊かな胸のボタンの間に、人の見ている前でも平気で現金を押し込んで席を確保することに成功すれば、彼は金力で勝ったのであり、スチュワーデスにウインクして、「君は美人だねぇ。向こうへ着いたら食事を一緒にどう？」と囁いて、席を見つけるのに成功したら、彼は性的魅力という力を行使したことになる。いずれにせよ、人は体力、頭脳力以外を含めて力なしには生きられない、ということを、日本以外の国々は私に教えてくれたのだ。

暴力はいつでも、どんな形ででも襲ってくる。それをいちいち例を挙げて予想することなど、もともと無理なのだ。敵は、こちらが予想する以外の形で襲おうとするのが常道なのだ。

突然襲ってくる暴力に、自国民の命やその権益を奪われないために日本があらゆる形の防備の力を持つことだけは必要なのだ。それが平和の維持というものである。あらゆる動物は、強者が弱者を食って生きている。ライオンや蟻の世界が、生きている獲物を食い殺すから、非道徳というのでもない。しかし日本人が唱えるように平和への希求だけで平和が実現するものでもない。平和を手にしようとすれば、時には人はそのために自分が死ぬ覚悟さえいるのだ。アウシュヴィッツの強制収容所で、他人の身代わりになって餓死刑を受けて死んだマキシミリアーノ・マリア・コルベ神父というポーランド人の神父の一生を『奇蹟』という作品に書いた時、私は平和を確保するためには死ぬ覚悟が要ると教えられた。

戦争を避けることを願わない人はいないだろう。しかしそれには、避ける戦術が要る。野党も、どうしたら日本国家の安全が侵されないで済むか、その具体的な方法を示してほしいのである。

不運を視野に入れて暮らす
――自力で危機を脱出するのが人間の姿

東日本大震災と、二〇一四年夏の広島土砂災害と、日本人は立て続けに一家の運命を基本から崩すような災害に遭遇した。昔は、広島が打撃を受けても、報道の手段は新聞やラジオだけだから、日本中がショックを受けるなどということもなく、従って「人ごと」で済ませていたのではないかと思う。

広島では、多くの家庭が崩壊した。夫婦で亡くなった方、仲のいい母と娘が共に土石流に押し流された方、などの悲劇はどれも悲しみがこちらまで伝わってくる。ただ昔から、この程度の大きな不運というものは、どの家庭も見舞われる可能性があった。地震、凶作、洪水、流行《はや》り病《やまい》、その他、結核でも赤痢や疫痢といった病気でも人間は簡単に死んだ。一家の働き手の会社が倒産すれば救済の手段は今ほどなかったし、株の大暴落のような経済的変動でも一家は家を手放し、今までとは違う没落の生活を体験した。

そうしたことに耐えるのが、実は人生だったのだ。しかし今の人たちは、人間の生涯には、そういう不運などに遭わないのが当然だと言うようになった。土石流に流されそうな場所は政府が指定して災害を防ぐべきなのだ、という。しかしハザードマップを事前に用意して発表したら、そのために自分の家の地価が下がって大損したと文句を言う人も、必ず出てくるはずである。

武道がもし私たちすべての庶民の人生に必要だとしたら、人生で予期せざる異変に出会った時、その変化に耐える力をつけるためだ。危機に際して慌てず、不運にもそのために生活や健康が損なわれたら、それを元に戻すために、闘える気力を養うことだろう、と思う。不運を視野に入れることがなくなれば、人間の生活は完成しない。絶望したり、誰かが助けてくれるだろう、と期待する面は誰にでもあるが、本質は自力で危機を脱出するのが人間の姿なのである。穏やかな毎日の中でも、常に異変に備える人であり続けたいと私は願っている。

＊本書に収録したエッセイは、「週刊ポスト」（二〇〇六年二月十日号～二〇一五年五月二十九日号）、月刊「ＤＡＹ」（二〇一四年四月号～二〇一五年三月号）、「湘南百撰」（二〇一三年秋号～二〇一六年夏号）、月刊「武道」（二〇一三年一月号～二〇一四年十月号）、「北國文華」（二〇一五年春・第六十三号）、「婦人公論」（二〇一五年八月二十五日号）に連載、掲載されました。

曾野綾子（その　あやこ）
一九三一年、東京生まれ。聖心女子大学文学部英文科卒業。七九年、ローマ法王庁よりヴァチカン有功十字勲章受章。八七年、『湖水誕生』で土木学会著作賞受賞。九三年、恩賜賞・日本芸術院賞受賞。九五年、日本放送協会放送文化賞受賞。九七年、海外邦人宣教者活動援助後援会代表として吉川英治文化賞ならびに読売国際協力賞受賞。二〇〇三年、文化功労者となる。一九九五年から二〇〇五年まで日本財団会長を務める。二〇一二年、菊池寛賞受賞。著書に『無名碑』『神の汚れた手』『天上の青』『夢に殉ず』『哀歌』『晩年の美学を求めて』『アバノの再会』『老いの才覚』『人生の収穫』『人生の原則』『生きる姿勢』『酔狂に生きる』『人間にとって成熟とは何か』『人間の愚かさについて』『人間の分際』『老境の美徳』『生身の人間』等多数。

不運を幸運に変える力

二〇一六年一二月二〇日　初版印刷
二〇一六年一二月三〇日　初版発行

著　者　曾野綾子
装　丁　坂川栄治+鳴田小夜子（坂川事務所）
発行者　小野寺優
発行所　株式会社　河出書房新社
東京都渋谷区千駄ヶ谷二―三二―二
電話　〇三―三四〇四―一二〇一（営業）
〇三―三四〇四―八六一一（編集）
http://www.kawade.co.jp/

印刷・製本　中央精版印刷株式会社

ISBN978-4-309-02526-1
Printed in Japan